心灵风景

陈喜儒 ◎ 著

青岛出版集团 | 青岛出版社

那自由烂漫的童年

◎ 陈喜儒

我生于一九四六年农历七月三十日,距中华人民共和国成立还有三年。但幸运的是,生在解放区,长在红旗下,幸福而快乐。正如那时流行的一首歌曲《解放区的天》所描绘的那样:

解放区的天是明朗的天,

解放区的人民好喜欢,

民主政府爱人民呀,

共产党的恩情说不完……

我是唱着这首歌,在共和国的天朗气清、惠

风和畅中长大的。

俗话说，七岁八岁讨狗嫌。意思是说男孩子在七八岁时特别顽皮淘气，连狗都讨厌他。我那时和邻居家几个年龄相仿的小伙伴，一年四季，不管酷暑严寒，城里城外，东跑西颠，上树爬墙，冲锋陷阵，南征北战，淘得没边没沿。仿佛天地之间，藏着无限秘密和乐趣，等我们去寻找，去发现，去体验。别说狗，可能连温顺的猫都看我们不顺眼，觉得我们讨厌。

我有个在日本的朋友，她的父母都是名牌大学毕业，从小对她进行严厉的教育，使她吃尽了苦头。她有了孩子后，决心改弦更张，引导其更加自由地发展，实践证明，他们身体精神健康，且事业有成。但也有些人至今没明白，从小跑到老，是胜还是败？是赢在起跑线上，还是输在终点站上？

我有一个幸福的童年，虽然物质上只是温饱而已，但精神却是自由的、充实的，所以才有了今天的我。现如今，我已年逾古稀，但不知为什么，看见那些背着沉重的书包，来去匆匆的孩子，就会情不自禁地想起自己的童年。

我上小学时，县城里还没有托儿所、幼儿园，孩子们都是"散养"。该上学了，父母哥姐就带着到附近的学校去报名。家长们考虑的主要是离家远近，上学是否方便，他们不会把学校的升学率当作重中之重；当时也确实没有学区房、重点校。报名时，老师问年龄、姓名，会不会数数——如果孩子能从一数到一百，那就足够了；老师面试，主要是看身体是否健康，口齿是否清楚，不考识字写字，也不问有何特长，更不用提父母的学历、职业。上学或放学，如果谁让父母接送，那可是丢人现眼，抬不起头来。

上学之后，不知为什么，我好像中了魔法，突然变了一个人，从一个整天抓不着影的野孩子，居然变成了一个规规矩矩的好学生。

难道这就是教育的神奇力量？

那时学校有家访制度，每年寒暑假，班主任都要带我去家访，一是给她当向导，为她领路，二是当标杆。老师总是当着同学的面对家长说："你看人家的孩子，听话，学习好，下学期我叫他俩同桌，看他还敢不敢折腾！"我虽然脸发烧，手足无措，但心里还是美滋滋的。

这本短文，记述的是我童年的衣食住行，农活家务，老师同学，点点滴滴，琐琐碎碎，鸡毛蒜皮。那么，写这些东西，有什么用呢？我不知道。只是想为那个时代，为我的生命，为我的童年，留点真实的记录。

2023 年 8 月

目　录

童年物语

一锅蜻蜓 / 002

与鹅的战斗 / 007

考试 / 012

铅笔帽 / 017

钢笔水瓶 / 020

打扫卫生 / 026

小铁匠 / 030

猪倌与枣红马 / 033

黑孩子 / 038

故乡味道

水果 / 046

土豆 / 050

烧苞米与苞米羹 / 055

腌酸菜 / 059

菜窖 / 063

年豆包 / 065

榆钱 / 069

关东风情

乌拉 / 078

幌子 / 084

东北大秧歌 / 087

马掌 / 090

搂柴火与生炉子 / 093

捡粪与送粪 / 100

托坯与打墙 / 106

抹房子 / 111

挑水 / 115

绿色的梦 / 121

亲情如酒

我家的小菜园 / 130

我家的黄狗是小偷 / 141

祖母 / 145

西服背心 / 152

水仙 / 161

最后的微笑 / 167

童年物语

一锅蜻蜓

三姐说:"你小时候,淘得没边没沿,什么冒失事都敢干。平时在家里根本看不到你的影子,无论春夏秋冬,只有吃饭睡觉时你才回家。"

回想起来,三姐说得没错,我小时候确实很忙,整天不着家。忙什么呢?玩呗。在城墙边玩够了,就到城外,在城外玩够了,就上草甸子、野地。小孩子没长性,新鲜一会儿就烦了,再找新天地,所以早晨一出家门,我就像出笼的鸟,连自己也不知道会飞到什么地方。

雨过天晴,我们去草甸子采蘑菇。在草丛中、枯树下,常见到一簇簇刚拱出土的白色蘑菇。这种蘑菇学名叫什么我不知道,当地人叫雷窝子,大如馒头,肉很厚,雪白雪白的,它有个伞状的盖,盖下呈粉红色,若雨后不马上摘,太阳一照就变黑,不能吃了。在蘑菇上撒一点盐,放在火里烧,颜色一变黄,就扒拉出来吃,那味道别提多好吃了,现在想起来都流口水。

草丛里,蚂蚱很多。用脚一蹚,它们就四处奔逃。伙伴们分头追赶,抡起衣服捕打,一会儿就捉几十只、上百只。找几把干草一烧,黑油油的,又香又脆,味道极佳。

抓蝈蝈也是我们的一大乐趣。我们那里蝈蝈有四种,红黑色叫铁蝈蝈,绿色的叫草蝈蝈,在树上声如蛙鸣者叫蛤蟆蝈蝈,短胖不会飞者叫豆蝈蝈。现在北京街头卖的蝈蝈都是

豆蝈蝈，没见有其他品种。蝈蝈笼子都是我们自己用麦秸、高粱秸编的，有塔形的，有三角形的，有四方形的，都很好看适用。明明知道蝈蝈好斗，每个笼子只能放一只，但我们每次都抓好多，塞进笼子里。回家一看，没有一只完整的，不是断腿折翼，就是须尾皆无，叫起来，全都变了调，因为摩擦发声的翅膀已经残缺不全，声音自然也就不堪入耳。说来也怪，尽管每次带回来的都是残疾蝈蝈，可我还是贪心不足，照抓十几只、几十只拿回家。

有一天下午，妈妈叫我去前街取一个铝锅。在回来的路上，我看见菜园的高粱秸上落着许多蜻蜓。它们头朝西，对着夕阳，尾朝东，金黄色的翅膀一动不动，不知是在晒太阳还是休息。我从它们身后经过，它们居然毫无觉察，无动于衷。我悄悄靠近，踮起脚尖，正好够到蜻蜓尾巴，轻轻一捏，就捉到一只。蜻蜓不能放在衣袋里，翅膀一折，就永远不能飞了。我一连捉了几只，捏在手里，无处放，索性打开锅盖，放了进去。我自己也不知道捉了多少只，玩够了，就捧着铝锅往家走。路上遇到姜家老二，他约我去看他逮的一只胖蝈蝈。

我匆匆回到家，放下锅就走了，把蜻蜓忘得一干二净。晚上回家吃饭时，妈妈数落我："叫你办点事，总是没头没脑，锅里有蜻蜓，也不告诉我。做饭时，我一打开锅盖，蜻蜓呼啦一声全飞了出来，吓我一跳。"我问："都跑了吧？"妈妈指着纱窗说："全在那儿呢。"我一看，纱窗上停满了蜻蜓，密密麻麻，一片金黄，煞是好看。

与鹅的战斗

"鹅鹅鹅,曲项向天歌。白毛浮绿水,红掌拨清波。"

老师说,这是骆宾王七岁时写的诗,仅用十八个字,就把鹅的声音、动作、形态都写了出来,兼顾听觉与视觉,动态与静态,环境与色彩,真是天才。

想必骆宾王爱鹅,所以把鹅写得那么美,我虽然会背诵这首诗,但并不喜欢,对鹅,甚至对骆宾王都无好感。

那时我六七岁,刚上小学,每天都要路过张家。她家门前有一个小小的水塘,一棵柳树、一棵榆树。春天,我们在那里折柳条,拧哨子,打榆钱;夏天,在枝繁叶茂的大树下乘凉看书;冬天,堆雪人,拉冰车。那里是我们的天地,埋藏着无穷的欢乐。

一年夏天,张大娘从乡下带回两只大鹅。那鹅很大,个头与我差不多,走路时,高昂着头,摇摆着肥胖的身体,不紧不慢地叫着,一副趾高气扬、旁若无人的架势。这鹅很势利,欺软怕硬,对过往的大人,虽然怒目而视,但还不敢轻举妄动。倘若发现有小孩在它们家门前经过或玩耍,就拍打着翅膀,叫着追赶。长脖子伸得很低,几乎碰到了地面,眼睛血红,穷凶极恶,吓得我们抱头鼠窜,四处奔逃。

从此以后,小池塘被凶狠的大鹅霸占,成了它们的领地。我们谁也不敢到那里去玩,甚至一听到"鹅鹅鹅"的叫声,就胆战心惊,毛骨悚然,拔腿就跑。如果稍微慢一点,就可能被它抓住。

我每天经过张家门口,心里就发毛。如果是几个小伙伴一起走,那还好些,人多势众。如果是一个人,就得找几块砖头瓦片,准备战斗。

一天中午放学,我因为班里商量出板报的事,回来晚些,路过张家门口时,不知想什么心事,忘记了那两只凶悍的大鹅。

我听到鹅的叫声,撒腿跑时,已经晚了,两只鹅早已冲到我身边。公鹅一下子咬住了我的后衣襟。我左突右冲,疾跑骤停,想甩开它,但公鹅死死咬住不放。我边跑边回头看,那只母鹅也冲了上来。它一边拍打翅膀,一边叫,好像在为公鹅呐喊助威。我个子小,拖着一只大鹅,跑也跑不动,又急又怕。

我心想,只要它不松口,我就回不了家,

这可如何是好？我与公鹅对峙挣扎了一阵，我急中生智，把上衣扣子解开，趁势一脱，公鹅没料到这一招，摔了个四仰八叉。

可是，还没等我跑几步，母鹅扑上来咬住了我的裤脚，这下子可糟了，总不能脱裤子吧，只好拖着母鹅往前跑。跑着跑着，也不知哪里来了勇气，我一回身抓住了母鹅的脖子，拼命厮打起来。我扯它的羽毛，踢它的肚子，和它扭在一起。一时间，白色的羽毛四处飞扬。

那只公鹅一看大事不好，掉头就跑。我越打越勇，一手拖着母鹅追赶公鹅。公鹅吓破了胆，一边狂叫，一边向小池塘跑。

妈妈可能听到了我的叫声，手里拎着水瓢跑了出来，高声喊："还不撒手，快把人家的鹅放下！"

妈妈跑过来掰开我的手，母鹅这才一瘸一拐地狼狈逃窜。

这次遭遇战,打得那两只大鹅落花流水,威风扫地。

从此以后,它们一看到我,就像兔子见了鹰,没命地跑。

从此以后,大树下、池塘边又成了我们的天地。

从此以后,我再也不怕狗,不怕走夜路……

考试

下课的铃声响了,同学们纷纷离开座位,把自己的算术考卷放在讲桌上。

我刚想去交卷,秋声对我说:"你后面的两道文字题得数错了,赶快照我的改过来。"

我一听,脑袋嗡的一声炸了。这是四年级第一学期的期末考试,全班要排名次,而且要在开家长会那天张榜公布。错两道大题,我的老天爷,这还了得,整整四十分呀!

"都得多少?"

"我告诉你,你快写。"

一着急,橡皮也找不着了,我干脆用手指擦了擦,把秋声告诉我的得数写上了。

中午回到家里,我心里就像长了草,乱糟糟的。不知是恐惧,是庆幸,还是懊悔,说不出是什么滋味。说句老实话,我每次考试都是

规规矩矩的，从来没作过弊，而且成绩一直名列前茅。这次不知怎么了，竟然错了两道大题。再说，我的好朋友秋声怎么就知道我做错了呢？难道他和别人对过答案？唉，不想了，越想越心烦。反正事情过去了，以后再也不能干这种亏心事了。

下午发算术考卷，我得了五十九分，秋声更惨，才得四十八分。后面的两道题，我们全错了。

我问秋声是怎么回事，他说是别的同学告诉他的，他看我的得数与他的不一样，以为我的错了。我狠狠瞪他一眼，不再说话，但心里别提多窝囊了！成绩不好不说，还违反了纪律。真是猪八戒照镜子——里外不是人。

杨老师从我身边走过，什么也没说，只是意味深长地看了我一眼。我心里一哆嗦，赶快低下了头。

放学后，同学们都回家了，我一个人呆呆

地坐在教室里，不想走，觉得没有脸见父母。窗外有几只麻雀叽叽喳喳地叫，好像在嘲笑我，真烦人。

门外响起脚步声，而且越来越近。是谁这么晚还没有走？

门开了，杨老师走进来。我默默地站起来。

"坐下吧。"杨老师说着，坐在我面前，"今天下午，我一直在等你，但你没有来，我知道你没有勇气。"

我再也忍不住眼泪，哇的一声哭起来。

"知道错了就好。谁都难免做错事，但要有勇气承认和改正。这件事，你不说我也知道。根据你平时的成绩，这两道题不应该出错。我仔细看了你的卷子，发现每步运算都对，单单得数错了，实在奇怪。你写字手重，笔迹很深，擦下去的得数还隐约可见，都是对的。所以我推测，这里面肯定有问题。后来我看你与秋声的得数一样,就找秋声谈话,他承认了错误。"

杨老师说到这里,轻轻叹了口气,停顿了一下说:"如果只是因为你这次没考好,影响了班级的成绩,我不会批评你。胜败乃兵家常事,下次努力就是了。但是,我不能允许我的学生抄别人的得数,不管得数是对是错,都不能抄。你是中队长,应该懂得,一个人,无论在任何时候,都不能为了虚荣,投机取巧,欺骗别人,欺骗自己……"

三十多年过去了,但杨老师的话,我一直铭刻在心。如今我可以问心无愧地说,在人生的有形或无形的各种考试中,我都老老实实地写上了自己的答案,不曾抄袭、作弊、投机取巧。无论分数高低,都是我的真实成绩。

铅笔帽

从上小学的第一天起,我就开始读书写字,与纸笔结下不解之缘。

那时候,似乎大家都很穷,除必须交给老师批阅判分的作文本、算术作业本、图画本外,很少有人去商店买印好的各种本子,大多是自己买纸,自己裁,自己订。学生常买的纸,大体有三种:黄纸、白纸、图画纸。大小约一平方米,裁成三十二开,订成小本。黄纸最便宜,几分钱一张。白纸稍贵,但也不会贵过一毛钱。图画纸最贵,但只在上图画课时用,一年用不了几张。

写字用的铅笔,每人都有几支,但也都是最便宜的,如果谁有头上带橡皮的铅笔,大家都会很羡慕。说来奇怪,天天用铅笔,但并不是人人都有铅笔盒,有的同学,可能家庭生活捉襟见肘,连块八毛钱的铅笔盒也买不起,就把铅笔直接放在书包里。但铅笔笔芯较脆,笔尖易断,怎么办呢?配个铅笔帽。铅笔帽寸许,用金属压成,不但可以保护笔尖,还可以使铅笔得到最大限度地使用——铅笔越削越短,最后成了铅笔头,手捏不住,只好扔掉,但有了铅笔帽,加长了铅笔头的长度,还可以使用一阵子。手巧的同学,自己用五彩缤纷的硬纸叠笔帽,既好看又实用。

那时候,我们不知道世界上有半自动或自动铅笔。在我上小学五年级时,大姐夫从苏联留学回国,送我一支半自动铅笔,深红色,用手一按顶部的按钮，铅芯就出来了，写秃后再按，又出来一截，继续写。我拿到学校去显摆，谁都没见过这新鲜玩意儿，你弄弄，他弄弄，不到三天就坏了。全县第一支半自动铅笔，就这样夭折，变成了惋惜和回忆。

现在的铅笔帽，多用塑料制成，有各种卡通人物、动物，造型生动活泼，色彩艳丽，不要说孩子，连大人都喜欢。过去花几分钱，买个铅笔帽，可以用很多年，因为它可以套在各种铅笔上，现在的铅笔，一笔一帽，我总觉得是浪费。

一盒铅笔，有一两个笔帽就足够了，用不了那么多！

钢笔水瓶

大概是我上小学四年级的时候吧,学校要求用钢笔写字。

除了个别家境较好的同学有自来水钢笔外,一般都用蘸水钢笔。这种笔分两部分:笔杆和笔尖。笔杆多为木制,头上有安插笔尖的孔。笔尖有多种,均为钢制,用一段时间后,笔尖磨秃变粗,需要更换。

书写需要钢笔水,所以人人都有个玻璃钢笔水瓶。上课时,把钢笔水瓶盖打开,放在桌子上，蘸一次钢笔水，写几个字，而且一不小心，就会把钢笔水瓶打翻，手上、课桌上、书本和笔记本上，甚至衣服上，常有钢笔水的痕迹。

钢笔水有三种颜色：蓝、黑、红。学生都用蓝色，老师批改作业试卷时，用红色。文具店卖的钢笔水，有大瓶、小瓶。小瓶买来就可以用，大瓶装好几斤，必须倒进小瓶才能用。学校教研室的窗台上，就放着好几个大钢笔水瓶，有红有蓝，老师们写评语，批改作业，判卷子，都用钢笔，学校为了节省开支，就用大瓶钢笔水，谁用谁倒。最便宜的是自制钢笔水，花几分钱买来颜料，放在钢笔水瓶里，倒进水化开摇匀即可。

每天上学，学生都要带着钢笔水瓶，弄不好就洒一身，很是头疼。后来不知哪个聪明人想出了一个办法，用线编织个瓶套，把钢笔水瓶装进套子里，挂在书包上。大家争相效仿，于是，很多小学生书包后面都多了个晃晃悠悠的钢笔水瓶。

上小学时，我班有个同学叫马福，父母双亡，由哥哥抚养。他家境贫寒，破衣烂衫，学习一塌糊涂，且没有家教，蛮不讲礼，整天打架斗殴，惹是生非，是附近有名的坏小子，家长都告诫孩子，离他远点。有一天，放学回家，我与他在城墙边不期而遇。不知因为什么事儿，我和他争吵起来，他先打我一拳，扭头就跑，我扔下书包追他时，已经晚了半步。同学颜贵偷偷绊了他一脚，把他绊倒在地，我这才冲上去骑在他身上，扭作一团。马福久经沙场，战斗经验丰富，知道我只有蛮勇，坚持不了多大一会儿，就瞅准机会，猛力一挣，推开我的手，趁势把我压在身底。这时，我弟弟听见吵骂声跑来，看我要吃亏，就抡起地上的钢笔水瓶，想打马福的脑袋。没承想，瓶盖没拧紧，钢笔水洒在马福的头上、脸上、衣服上。

顷刻间,他变成了青面獠牙、狰狞可怖的形象。他大概没受过这种"彩弹"的袭击,一时不知所措,竟然号啕大哭,抱头鼠窜!

我知道自己捅了马蜂窝,闯了大祸,躲在城边的小树林里,肚子饿得咕咕叫,也不敢回家。天黑后,弟弟来找我,说马福的姐姐带着马福到我家告状,说我们兄弟欺负他,把他弟弟弄得不成人样了!妈妈吓了一跳,以为出了人命,忙用水为他擦洗,发现只是钢笔水,连皮肉都没伤,才算放了心,忙给人家赔不是,说等我回来,非打断我的腿不可。但有几个在场的小兄弟为我做证,说是马福先动的手,根本不怨我。马福姐弟自讨无趣,悻悻而去。历来教子严厉的妈妈,平素也知道马家的门风不好,所以也没深究我的"罪责",此事不了了之。

这场仗虽是偶然发生的遭遇战,在我童年的"战史"上属于小菜一碟,但却有重大战略意义：一，马福吃了亏，知道我不好对付，从此再也不敢挑衅，这一架同时也为那些怕他的同学壮了胆，出了气。二，当时男孩中有一条不成文的规矩，打架不管输赢，吃亏还是占便宜，都要敢作敢当，不能找家长告状，马福犯了忌，因此名声扫地。三，我知道了平素处世为人的重要。四，"打虎亲兄弟，上阵父子兵"，说得真对。

上中学后，我再没见过马福，不知他如今在哪里，这几十年是怎么过的，还记得城墙边那场恶仗吗？

打扫卫生

上小学时，每星期六，学校都要大扫除：擦桌椅，擦窗户，扫地，还要把各班的分担区（如操场）打扫干净。扫帚、抹布、水桶不够，就从自家拿，用完再带回去。人们看到孩子们拿着打扫卫生用具上学，不用问，就知道要大扫除了。

各班打扫完毕后，由负责卫生的老师牵头，组成检查组挨班检查。他们很认真，东摸一把，西摸一把，看看是否有灰尘，尤其是门后，窗框，黑板上下左右，那些容易忽视的地方，查得格外仔细。对卫生状况好的班级给予表扬，插红旗；对不好的要批评，插白旗，要求重新打扫。别看那面三角形的流动红旗不起眼儿，那可是荣誉，不可小觑。有个学生，编了几句顺口溜：不吃草料的小毛驴，多待几天没问题，红的黄的我不爱，黑的白的更素气。结果受到全校通报批评，差点挨处分。

学校对于个人卫生，也抓得很紧，通常是早操时间，全校师生站在操场上，由老师检查或学生相互检查。检查的项目有：头发长短、是否有虱子、指甲剪了没有、是否天天刷牙、衣冠是否整洁。小男孩洗脸，一般都不愿意洗脖子，所以脖子是白净还是黑如车轴，是检查重点。

当时，洗澡是个大问题。天热时还好办，烧锅热水擦擦洗洗还能对付，到了冬天，冰天雪地，谁家也没有洗澡的设备，只能去公共浴

室。学校每学期都组织大家洗几次澡,每人交一毛钱,由学校把澡堂子包下几天,各班分批去洗。男孩到男池,女孩到女池,规定时间,洗完回学校继续上课。

至今,我还记得一首号召讲卫生的儿歌:

指甲洞里黑咚咚,
住着一群寄生虫。
剪指甲,常洗手,
寄生虫,不入口,
各样毛病不会有。

小铁匠

上小学的路经过一家铁匠铺,我闲着没事,常爱在铁匠铺门口看热闹。

铁匠铺里有师徒两人。徒弟拉风箱,师父把铁块放进火里烧,等铁块由黑变红再变白时,用铁钳夹出,放在铁砧上敲打。师父用小锤,徒弟抡大锤,大锤紧跟小锤,有轻有重,有缓有急,叮叮当当,清脆响亮,节奏铿锵,在街头荡漾。当铁块变黑时,再烧再锻,直到成型,扔到水里淬火,只听吱啦一声,冒出一股白烟。听说淬火是道关键工序,刀斧快不快,质量如何,在此一举,里面学问大了去了。但我们小孩看不出门道,觉得这有什么,不就是往水里一扔吗,谁不会呀!

铁匠铺生产农具和生活用品,如犁头、镰刀、镐头、铁锹、锄头、菜刀、剪刀等,摆在铺面,由客人挑选。

打铁需要力气、胆量、吃苦耐劳的精神。俗话说,打铁还需自身硬,就是这个道理,不是硬汉,当不了铁匠。

铁匠铺的小铁匠,十五六岁,浓眉大眼,也许是常在炉前干活的缘故,脸色黑里透红,指甲缝里总是黑的,我们都叫他小黑。他从乡下来,不跟我们玩,也不跟我们说话,但从他的目光中,能看出他对我们这群无法无天的半大小子的戒心和羡慕。听说他每天除跟师父打铁外,还要帮着师母抱孩子烧火做饭,挑水扫院子,为师父打洗脸水、洗脚水,泡茶,脚不得闲。老人们说,他这个年龄,正是贪玩的时候,离开父母,到外面学徒,就算大人了,也怪可怜的。

有一年,师父没在家,他捡了一块铁,上面有几个洋文,但他不认识,觉得质量不错,想为自己打把短刀,结果一烧炸了,炉子崩坍,人也受了重伤。原来那是日本人撤退时扔下的炸弹,锈迹斑斑,他以为是个铁疙瘩,结果酿成大祸,险些丧命,可怜身强力壮的小铁匠,落下终身残疾,再也不能打铁了。

他从哪里来？姓甚名谁？没人知道,他也从来没跟我们说过话,但不知为什么,我却常常想起他。

猪倌与枣红马

邻家汤大奎，从小就不爱读书，好不容易对付着读完小学，就再也不肯上学了。他爹打，他娘骂，老师劝，都不行，死活再不进学校的大门。他爹是城郊公社的农民，在城南生产队干活，他家属于农业户口。一个半大小子，总宅在家里无所事事容易学坏，他爹就去求生产队长，让他到队里干点活儿，有人管着，学点农活儿，总比在家里待着强，还能挣点工分，贴补家用。可他个子矮，身体不壮，

种地，铲地都跟不上大人，又贪玩，连个半拉子（没成年的小孩子）也顶不上，谁也不愿

要。队长就说,那就叫他当猪倌,放猪吧。生产队有十几头猪,过年时卖几头,换点现钱,再杀几头,改善一下生活。大奎从此有了正经营生——猪倌。

这个活儿没人管,自由自在,全凭良心,但也不是无法无天,猪胖猪瘦,就是检查他工作的标准。大奎放猪很上心,每天一大早就赶着群猪出门,走到水草丰美的地方,猪们吃草,他就躺在蓝天白云下睡大觉。在他的精心调教下,猪们进步很快,比如出圈,集合,出发,吃草,回家,不用吆喝,吹几声口哨,猪们就知道干什么。他对这些猪,也真是好,从不打骂训斥,哪个病了,他不但给买药,还悄悄跑到生产队拿些粮食为它开小灶,做病号饭。猪们也争气,个个油光锃亮,大腹便便,胖得溜圆。

他天天在草甸子转悠,很快与放马的二小成了铁哥们儿。

二小这个马倌是临时的,农忙时节下地干活,农闲时放马,兼代看地,怕有人到地里祸害庄稼。他年纪不大,但在农村长大,爷爷爸爸又都是十里八村有名的车老板(赶车的人),会使唤牲口,因此他从小就会骑马,抓住马鬃,一偏腿就上去了,箭一样飞驰而去,个把钟头,就能把生产队的地全部巡逻一遍。由他放马看地,谁也不敢动生产队的庄稼。

大奎羡慕得不行,天天缠着二小学骑马。别看大奎念书不行,与牲口打交道,还真有一套。他看这些马爱吃什么草,就给它们割,投其所好,还会拍马屁,从生产队、家里拿黄豆、黑豆、玉米,甚至鸡蛋给它们吃,没过多久,他就与那群马混熟了,想骑哪匹骑哪匹。

有一次,他领我们去草甸子,显摆他的骑术。都是光背马,没有鞍子,他上上下下,或跑或停,随心所欲。大家说他像马戏团里的驯马师,他就更加得意,说:"马也和人一样,各有各的脾气。你们看那匹大白马,高大威武,但老实忠厚,谁骑都行,从来不害人。那匹枣红马,英俊、精神,浑身溜光水滑,一根杂毛都没有,跑起来像一团火。但你得小心,它高兴了,驮着你飞驰,它要是不高兴,就使坏,跑着跑着,突然一停,把你甩到马下,轻则鼻青脸肿,重则伤筋动骨,得好几个月才能好。它最损的一招是在甩不掉你时,往泥坑里跳,而且打滚,弄得满身臭泥,我看你还怎么骑?它是这群马中最漂亮但也是最坏的马,离它远点,千万别招惹它!"

我问大奎:"你敢骑它吗?"他说:"那还用说吗?马通人性,你真正对它好,它就跟你亲。"

说着,他飞身上马。枣红马四蹄生风,越跑越快,逐渐变成了一个小红点,消失在无边的绿色中。

黑孩子

我妈说，她有两个儿子，一个是白面做的，一个是荞面做的。白面做的，是说我弟；荞面做的，是说我。但我对这话一点也不反感，甚至有几分得意。黑，有什么不好？我生来就黑，人们都叫我黑小子，或小黑子。但我以黑为荣，以黑为傲。我认为，真正的男子汉都应该像黑铁塔才是。黑旋风李逵，铁面无私的包青天，猛喝一声使曹操丧胆的张飞，哪个也不是小白脸。我心目中的英雄豪杰，都是威武雄壮的黑脸大汉，所以我认为黑才是真正的男儿本色，黑才有资格当好汉。

北方农村做饭，多用大铁锅，烧柴草，隔几个月，就要把锅从灶上拔下，铲除锅底的灰垢，俗称锅底灰。这锅底灰极黑，且有油性，涂上不易擦掉。

一年夏天，我从外面玩得浑身是汗，回家喝水，看见妈妈正在铲锅底灰，不由得眼睛一亮。这东西抹在身上，准能特别黑！

那年我五六岁，还没有上学，周围邻居有三四个和我年龄相仿的半大小子。大家一商量，都觉得这是个好主意，于是悄悄溜到我家，每人抓把锅底灰跑上城墙。

在大榆树底下，我们脱光了衣服，从头到脚涂抹起来，没多大工夫，一群黑人就诞生了。除了牙齿、眼睛是白的，浑身上下，漆黑一团。大家你看看我，我看看你，都觉得很满意，很漂亮，很威风，很得意。连平时胆子小、动不动就哭的小孩子都哇哇直叫,成了天不怕地不怕的英雄。我们又自制了一批长矛短剑,武装起来,一个自以为战无不胜、攻无不克的黑人军团诞生了,而且马上开始冲锋陷阵、攻城略地、南征北战。城墙下、树丛中,个个奋勇争先、横冲直撞、大汗淋漓。汗水不但没有把身上的锅底灰冲掉,反而使之更加均匀地附着在肌肤上,油黑发亮,像涂了一层漆,显得十分剽悍凶猛。

记得有一个赶牛车的老头,在城墙根慢悠悠地走着。他走得快,牛走得慢,他走几步,就停下来等老黄牛。老黄牛慢条斯理地走着,脖子上的大铃铛叮叮当当地响。我们一声呼啸,冲下城墙,老牛吓傻了,停下脚步,仓皇四顾,赶车的老头一屁股坐在地上,手里的鞭子也扔了,以为撞见了怪物。牛与人看到我们都大惊失色、手足无措,可见我们个个威风凛凛。于是乎,军心大振,喊声震天。

玩到天黑,我们才穿上衣服,把武器藏在树林里回家。虽然玩得痛快,但弄成了这副模样,肯定得挨顿揍,这是没商量的,弄不好晚饭也没了,还得饿一顿。但那时讲哥们儿义气,伙伴中有一条不成文的规矩,好汉做事好汉当,不管是上"老虎凳"还是"绞刑架",都不能招供,当叛徒,出卖朋友。我悄悄溜回家。正在灶前忙活的妈妈看到一个黑不溜秋的东西走进来,手里的水瓢差点扔到地上。等她明白了缘由,狠狠拧了我的大腿里子,又抡起烧火棍,说"没见过你这样缺心眼儿的,淘得没边没沿,什么都敢往身上抹,吓人"。其实妈妈的骂声大,打得并不太重,打着打着,她自己扑哧一声,笑了。可能觉得这个淘气儿子还挺有创意吧?

骂一顿,打一顿,妈妈又把我按到洗衣盆里洗。不知洗了多少遍,我才算基本恢复了本来面目。这时,我听到左邻右舍都传来了哭号声。他们的命运和我一样,当了半天英雄好汉,最后以鬼哭狼嚎的惨叫而告终。第二天,他们又来找我玩儿,身上青一块紫一块的,但没有一个抱怨、叛变,依然拥戴我为"头目",吼叫着冲向城墙。

小时候我很淘气,挨打是家常便饭,我最怵的是妈妈用手掐我的大腿里子,疼痛钻心。但我以为最值得的就是这一次,真叫玩得痛快、开心,用现代时髦的语言来说,当我把浑身弄成漆黑一团时,感觉好极了。

故乡味道

水果

我们那里过去不产葡萄、苹果、梨、桃等水果,春天时只有山杏。卖杏的人挎着筐子沿街叫卖,可以用鸡蛋换,也可以用钱买,不用秤称而用茶碗量,这种杏子是野生的,不大、极酸,一想起来嘴里就冒酸水。

夏秋季,孩子们的主要嚼果儿是西瓜、甜秆、西红柿、菇娘、香瓜。

乾安的西瓜极大,最大的有四五十斤,沙瓤,甜脆,只是成熟得晚,吃西瓜时已近中秋。

甜秆的形状与高粱没有多大区别，只是穗小。刚出穗时，割下来像吃甘蔗一样剥皮吃，汁水足，清甜可口。到北京后，我没见过甜秆，可能这里没有。

西红柿分红、黄、粉、紫四色，形状各异。北京的西红柿多为粉红色馒头状，品种单一，味道不佳，估计是用化肥的缘故。有一年我陪一位日本女作家去大连，在市场买了几个西红柿，味道极好，与小时候吃的一样甜，于是大吃特吃。她看我吃得香，大惑不解。我告诉她找到了童年的滋味。她吃了一个，说确实好吃，也买了两斤随身带着。这西红柿用的肯定是农家肥，不然不会这样好吃。

菇娘有三种：一种是红菇娘，外皮红时摘下，用线穿起来吊在屋檐下，可以吃很长时间；一种是紫菇娘，个儿大，紫黑色，但不可多吃，吃多了恶心呕吐，呈中毒症状；一种是黄菇娘,成熟时自然落地,很甜。这三种果子,虽然都叫菇娘,但如果仔细考证,大概不是同一科,但我只知道土名,不知学名。这几年,北京也有卖黄菇娘的,个很大,也很贵,不知是改良品种,还是新引进的"洋果"。

吃得最多的是香瓜。香瓜的种类极多——"白糖罐"是白色,上有淡绿色花纹;"蛤蟆酥"个大,上有黑色条纹;"面瓜"外形与倭瓜相似,甜酸。还有"烧瓜",像牛角,酸味较重。

农家大都是自己种瓜自己吃。特别会种瓜的则开瓜园,大批下来时用马车拉到城里去卖。一般买瓜,没有买一两个的,一买就是一筐两筐,放在家里慢慢吃。

东北三省都产瓜,可能与土质有关。

一年夏天,我带一个日本作家团到长春,在郊区看到卖瓜的,就买了两筐送给他们。他们看我买了这么多,个个目瞪口呆,因为日本的甜瓜极贵,一般饭后只吃一两块,像吃药似的。我说这是东北,瓜便宜,好吃,尽情吃。

第二天,日本朋友都说好吃,有人还特意留下了种子,准备回去种。

我很得意,为故乡的特产感到骄傲。

土豆

土豆学名叫马铃薯,也有叫洋芋、洋番芋、山药蛋、地豆、薯仔的。

我学日文时,看到《日本国语大辞典》里解释说,马铃薯形状似驿站的马铃铛,故得名。驿站的马铃铛什么样,没见过,所以也不知道像不像。北方叫土豆,也不贴切,因为薯块怎么看也不像豆子。反正一直这么叫,不去管它了。

我的家乡是一个方方正正的小城。冬天很冷,到处是白茫茫的积雪,没有一点绿色。漫长的冬天，只有三种蔬菜，白菜、萝卜、土豆，俗称老三样。那时天天吃，顿顿吃，也没见谁营养不良。

在冬天的老三样中，我对土豆情有独钟。无论煮、烤、烧、炒、炸，还是丝、片、块、丁、条，或者与别的蔬菜排列组合，我都爱吃。

我们那里家家有土豆窖。因为土豆怕冻，一冻就软了，流水，连贪食的猪都讨厌那种怪味。土豆也怕晒，太阳一晒，皮就变绿，有一股辣味，也不好吃。

土豆窖很深，里面黑咕隆咚、潮乎乎的，窖里的温度不能太高，不结冰就行，否则土豆会生芽。土豆芽白白的、胖胖的，有筷子粗，尺许长。发芽的土豆不能吃。

春天时，把土豆有芽眼的地方削下一块，做土豆栽子。一个大土豆可以削七八块，剩下的部分仍可食用。把栽子种到地里，过不了多久，就会长出一行行粗壮的土豆苗。

故乡的土豆有三种：一种是白土豆，一种是麻土豆，一种是紫土豆。品种不同，花色也不一样，分为白、黄、蓝、紫。农民说，不同品种，得分开种，不然会串种。土豆开花时，一望无际的田野上，一片白、一片蓝、一片紫、一片黄，煞是好看，蔚为壮观。土豆花昼开夜合，无香味，没人注意。花一落，土豆就成熟了，皮很薄，轻轻一擦，就剥落下来，露出鲜亮晶莹的肉。

据学者考证，土豆原产于南美洲安第斯山区，它营养价值高，且适应性强，产量大。

一年春天，我看农民栽土豆，就挖了个大坑，上了很多粪，选了几个硕大无朋的土豆埋进去，天天浇水，盼它发芽，开花，连梦里都滚动着倭瓜大的土豆，但那土豆最终也没有出来。后来有人告诉我说，水浇得太多，土豆沤烂了，这东西怕涝。

大学毕业后，我们学生去农场劳动，也种了一片土豆。眼看土豆长得虎虎实实，不巧一场大雨，全泡在汪洋中。同学们心疼自己付出的血汗，就下去捞。捞出不少土豆，吃不完，打算晒成土豆干，结果土豆干没晒成，全烂在院子里，臭气熏天。

北京的菜市场，土豆依然是一年四季都有的常见菜，卖家都说是张家口产的，也不知真假，价钱也比较便宜。记得我小时候，农民用马车拉土豆进城，两块钱能买一麻袋，足够全家人吃几个月，如今听起来，简直是神话。

我想念故乡的烀土豆。那时农村的孩子饿了，没有什么点心，就烀土豆。所谓烀，就是把土豆放在锅里半蒸半煮。把土豆塞到火盆、灶坑里烧，或在锅里、炉子上烤土豆片，也都好吃。如果把土豆、老倭瓜、胡萝卜放在一起蒸，锅底再煮几穗苞米，那就更好，这一锅不仅色彩艳丽，食物又面又甜，而且可以当饭。

我炒的土豆丝,堪称一绝。做法是将土豆切成细丝,在水里浸泡,洗去淀粉,将油烧开,加葱花,土豆丝下锅由白变黄后,加醋、盐起锅。我炒的土豆丝类似醋熘,清脆可口,滑爽入味,很受欢迎。有一年,我心血来潮,召集作协外联部的年轻人到我家举行烹饪比赛,从我们的孩子中选几个乳臭未干的小男孩当评委,发挥其童言无忌、食欲旺盛、公平公正之长。我的拿手菜——爆炒土豆丝上桌后,一扫而光,本来可获金奖,但身为组织者,为了避嫌,主动"让贤"。日本朋友横川先生,每次到我家,都点这个,剩下的他还要带到饭店去吃。我说这东西一凉味道就变了,他说:"没事,我叫人帮我热一热。"看样子他是真心喜欢,不是装的。

我有个同学是北安人,常常吹嘘北安的土豆如何如何好,他长得又矮又粗,所以大家送他个外号叫"老土豆",可谓形神兼备。

烧苞米与苞米羹

现在城里的孩子,可能都没吃过烧苞米,不知烧苞米为何物,真是一大憾事。

北京城夏天有卖青苞米的,也有卖煮苞米的,但没有卖烧苞米的。虽然都是苞米,但煮和烧,味道可差远了,简直不可同日而语。

烧苞米选料很重要。不能选老的,烧不熟,白糟蹋。不能选太嫩的,一烧粒就瘪了,只剩下一层皮,不好吃。要选那些不老也不嫩,用手一掐,苞米粒冒出一点白浆的最好。

烧苞米,大体有三种方法。一种是在野地里。先把带皮的青苞米倒插在地上,上面盖上一层干草点着,干草烧完,苞米皮煳了,苞米也就熟了,离很远就能闻到苞米的香味。

一种是在灶坑里。把苞米皮剥掉,插在一根长约一米的铁钎上,伸到火里,边烧边转,否则苞米受热不均,有的地方煳了,有的地方还没熟。十几分钟就可以烧好。

再一种是把带青皮的苞米埋在火堆里,虽然时间稍长些,但不窜烟。

烧熟的苞米要趁热吃,如果凉了,清香味就没有了。只是吃烧苞米时,要拿着用嘴啃,脸上会留下一道道黑印,不太文雅,但小孩子不管这些,好吃就行。

十年前去日本北海道,我在札幌市广场,闻到一股烧苞米的香味。急忙走近一看,有几个小摊,正在用电炉子烤苞米。将近一尺长的苞米棒子,烤得油汪汪的,价钱也不贵,一根一百日元，相当于一罐可乐。我买了一根，在大街上啃，很嫩很香，但太甜，不如我家乡的苞米好吃。我问那个卖苞米的老太太，这是什么品种，她告诉我这是从外国引进的新品种，专为烧烤种植的。老太太的生意很兴隆，烤好一根卖掉一根，同时还给两张餐巾纸。

  我小时候还吃过一种苞米羹。这种苞米羹与现在大饭店同名的汤完全是两回事，是用鲜嫩的苞米浆做成的，上面放点葱花、盐，滴点香油，蒸熟后，苞米羹像鸡蛋羹一样黄澄澄、香喷喷的，但比鸡蛋羹稍硬，用勺扒着吃。一般家里很少吃这种苞米羹，因为费时费力费钱，制作小小一碗，就需要十几根鲜嫩的苞米棒。

  我六岁那年，从树上掉下来摔断了腿，躺了半年多，妈妈给我做过几次，那才叫香呢！几十年过去了，我对苞米羹仍念念不忘，但妈妈已病故多年，再没人为我做苞米羹了。

烧苞米和苞米羹，对于我，永远是无法抵御的诱惑。

腌酸菜

农谚云：头伏萝卜二伏菜。意为进入一伏、二伏，才分别开始种萝卜、白菜，早种晚种都不合适。但这仅指专为冬储准备的秋菜，其实萝卜、白菜，都是日常看家菜，从春到秋，皆可种植收获食用。

在我故乡，白菜长到国庆节前后，即可收获，而北京地区要晚些，大约在11月份左右才上市。一直到20世纪末，北京卖冬储大白菜，都是一道独特的风景：运送大白菜的大卡车来来往往；临时抽调的服务人员帮助卸车或维持纪律；堆码成山的白菜垛前，放着几台大磅秤；人们呼儿唤女，有的蹬着三轮，有的推着手推车，有的推着婴儿竹车，最不济的也有辆自行车，排队买菜，往家里运，码到墙角晾晒。那时每到卖冬储大白菜的时节，北京城一片忙碌，飘着大白菜的气味。

东北冬天冷且长，北风呼啸，冰天雪地，没有蔬菜大棚，也没有从南方运来的蔬菜，老百姓要想天天有菜吃，只能自力更生。所以一到深秋，家家都忙着挖菜窖，买柴火，扒炕，腌酸菜，准备猫冬。菜窖里储存的白菜、土豆、白萝卜、胡萝卜等，可不是十斤八斤，而是要吃一冬天，直到第二年春天青菜下来才成，所以，我们那里买秋菜，没有买几棵的，少则几百斤，多则上千斤，堆在院子里，俨然一堵墙。有些家，不是到市场，而是直接到地里，指着地里的白菜说："这片，我全要了。"之后大人小孩齐上阵,砍菜,修菜,拉回家,据说这比到市场买便宜许多。

腌酸菜,也是每个家庭入冬前的一件大事。一般选在节假日,家里人手多,一起动手。有的家庭为省柴火,腌菜和扒炕放在一天,菜腌完了,炕也快烧干了。其程序大致如下:一、先把腌菜缸和压缸石洗刷干净,若有霉菌、杂菌,酸菜会烂缸。这是细致活,一般都是主妇亲自动手,或叫她信任的细心人来干。二、去掉菜根和老帮子,把白菜晾晒一天,使水分蒸发一些。三、把白菜洗净后在热水里焯一下,看菜叶变绿拿出,冷却后码入缸中。四、缸满后注入开水,不要让菜叶露出水面,与空气隔绝。为什么要加开水呢?我听一位化学教授说,是为了把水中的氧气清除,使吸氧的霉菌和杂菌无法繁殖,同时为厌氧的乳酸杆菌创造生存繁殖的条件,促使白菜发酵。白菜在缸里腌二十天或一个月,就腌好了，即可捞出食用。

东北酸菜的特点是酸、微甜、脆，有许多吃法，但都要肉多油大，如酸菜火锅、酸菜氽白肉、酸菜猪肉炖粉条、酸菜白肉熬土豆、酸菜烩虾仁、酸菜炖冻豆腐、烩酸菜丝、杀猪菜、酸菜馅饺子等，让人百吃不厌。

到北京工作后，我就很少吃到地道的东北酸菜了。市场上虽然有卖的，但味道根本不对。我曾弄个小缸，想自己腌，但妻子是南方人，弄了几次不成功，我也就死了心。有时在北京工作的同学或老乡，送我几棵，但也是蜻蜓点水，尝尝鲜过过瘾而已。这几年好了，超市一年四季都有酸菜卖，味道不错，随时可买。

妻子对酸菜兴趣不大，吃不吃无所谓，但我感到奇怪的是，我的小孩生在北京，长在北京，应该说是地道的北京人，可他却对酸菜情有独钟。

菜窖

我的故乡，几乎家家有菜窖，用于冬储蔬菜。

不同蔬菜对温度的要求不同，最好分开保存。土豆比较娇气，要求通风干爽，不能晒太阳。一晒太阳，皮就变绿，有股辣味；也不能冻，冻后一化就流汤。湿度和温度过高，土豆极易霉烂发芽，所以一般家庭的土豆窖，都挖在屋里或厨房，温度适宜，不会冻，但要注意开窖门换气，保持清爽。

白菜比土豆皮实。我家的白菜窖在院子里，是我和爸爸一起挖的，两三米深，进出要用梯子，上面架上檩子，铺上厚厚一层苞米秸，再盖黄土，正中间留了个天窗，里面不仅暖和，而且明亮。把白菜码成垛，像书架一样，排几排，天气好时，要打开窖门通风放气，以防窖内温度过高，白菜腐烂。萝卜，包括白萝卜、青萝卜、心里美等，有单独挖窖的，也有放在土豆窖的，但不能码成垛，而要埋在土里，不然就会糠，里面呈蜂窝状，嚼起来像海绵，很难下咽。

城郊生产队的菜窖，储存几十万斤白菜，供应市场。里面很宽敞，生着炉子，十几个人在里面摘烂叶，倒垛，也不显得拥挤。他们把摘下的菜叶打成捆，放在雪地里，凑成一车时，再拉到养猪场喂猪。那年月，人吃到新鲜蔬菜都不易，更何况猪，菜叶自然受猪的欢迎。

年豆包

过了小年,家家忙着蒸年豆包。年豆包,即黏豆包,因是过年(春节)时蒸的,故称年豆包。

年豆包用黄米做。先把黄米磨成粉,加水和成面,放在大盆里,摆在炕头最热的地方,盖上被子让其发酵。发酵如何,决定豆包的质量,至关重要。发大劲了,酸;没发好,黏,都不好吃。唯有恰到好处,蒸出的豆包才香甜可口。家家年年蒸豆包,用同样的材料,同样

的做法，做出的豆包，味道却大相径庭，有的好吃，有的不好吃，这就要看各家主妇的技术和聪明才智了。

年豆包的馅，一般用红小豆，泡开煮熟捣烂，加上绵白糖，攥成圆球备用。

做年豆包时，家家都要做许多，大体上得够一家人吃一个月的，这样整个正月就不用做饭了，所以淘米时都是以斗、升为单位，人口多日子好的人家，要淘几斗黄米。腊月里，倘若家里蒸不起几锅干粮，那是会让邻里笑话的：瞧这家日子过的，连点年味都没有。

每年蒸年豆包，是各家各户的一场庆典，甚至可以说，是这个家庭社会地位、邻里关系、生活水平的集中展示。亲戚朋友、街坊邻居的家庭主妇都会放下家务来帮忙，有的包，有的往屉布上摆，有的烧火出锅，有的用薄木板把粘在一起的豆包分开，放在盖帘上，端到外面冻实入缸。讲究的人家，把苏子叶或白菜叶或苞米叶垫在豆包下面,不仅可防止粘连,还会有一股特殊的清香。

一群家庭妇女,七手八脚,七嘴八舌,在说说笑笑中,就把一家人正月吃的年豆包、馒头、豆沙包甚至冻饺子都做出来了。过年时,拿出馏一馏,再炒几样菜,饭菜就齐了,省事。

东北的年豆包,类似南方的年糕。可能因为东北糯米少,不易得,有人就因地制宜,就地取材,发明了年豆包,虽然也很好吃,但美中不足的是,吃法单调,不像年糕,可以炒、炸、煮、煎,千变万化,随心所欲,各得其所。

榆钱

地坛公园有几棵大榆树,高二十余米,两抱粗,枝繁叶茂,有几百岁了。每年牡丹花开前,榆树梢头就挂满了密密实实的榆钱,沉甸甸的,把枝条都压弯了。

关于榆树,《本草纲目》上有记载:"榆有数十种……未生叶时,枝条间先生榆荚,形状似钱而小,色白成串,俗呼榆钱。" 榆钱黄时,随风飘落,纷纷扬扬,如漫天飞雪。榆钱呈铜钱状,种子包在正中间,周围是薄如蝉翼的边,飞起来像一个圆圆的小行星,优哉游哉,煞是好看。榆树下的草丛花坛,落满了榆钱,厚厚的一层。在背风的墙根角落,则更厚,像铺着一层灰白的棉絮。一棵老榆树,一次不知能打多少榆钱,反正在榆树四周,方圆几十米,白花花一片,都是它的子孙,可见其繁殖力之强。

有一次我去地坛散步,在甬路边,抓起一把榆钱,轻轻一捏,暄暄的,还没干透,散发出一股淡淡的苦味。拿回家,随手种在花盆里。大约过了一个星期,树芽就像一群淘气的孩子,齐心合力,把头上的土拱起来,探出小脑袋。头上还顶着榆钱,像戴一顶旧帽子,根茎白白嫩嫩的,像一束白线。

在我老家县城,沿着城墙,有一圈树,高耸入云,浓荫蔽日。听老人们说,这些树是建县筑城时栽的,与县城的历史一样长,都已经百八十年了。在远处眺望县城,宛若一片森林，莽莽苍苍。我们那里春天来得晚，大概5月上旬榆钱才长成。榆钱淡绿色，可生拌，可煮粥，可掺到白面或苞米面里做馒头、窝头，也可做馅包饺子蒸包子。《燕京岁时记》中就有"三月榆初钱时，采而蒸之，合以糖面，谓之榆钱糕"。我没吃过榆钱糕，但吃过榆钱窝头、馒头，清香可口。

植物似乎也有自我保护的本能，榆钱都长在树枝的顶端。采榆钱，一是上树撸，很快就能弄一篮子，但上树危险，容易失手跌落摔伤；二是用长竿安上铁钩，将树枝折断，虽然费力气，但比较安全，只是对树伤害较大。

我上小学时，看到树上挂满榆钱，禁不住诱惑，常常和小伙伴们脱鞋上树，塞满衣袋书包，吃得手和嘴都变成了绿色。榆钱甜，招人，也招虫子，我上树时不小心就会把小虫子吞进肚里。其实，学校是严禁学生上树的，怕摔下来折胳臂断腿出人命，但榆钱的诱惑比老师的三令五申威力大得多。上中学后，我个子高了，也不那么馋了，觉得挺大个人，像猴似的上树摘榆钱，有失斯文，从此不再上树，远离榆钱矣。

　　长大后才知道，榆钱、榆叶，都是中药，可健脾安神、清心降火、止咳化痰、杀虫消肿。连皱皱巴巴的榆树皮，也是好东西，它纤维丰富，可熬成胶，可泡水当妇女头油，可磨粉做榆粥、榆面饼充饥活命，也可外用，治疗骨折、出血。闹了半天，我们小时候大口大口吃的榆钱，竟然是中药！怪不得大家都健壮如牛，连伤风感冒都很少，可能与吃榆钱有关！

　　榆树生命力极强，耐旱、耐寒、耐贫瘠，不择土壤，抗风力、保土力强，生长快，寿命长，特别适于种在沙尘多的地方防风固沙。

　　虽然榆树对人类生息繁衍大有裨益，被称为"活命树"，但它既无姹紫嫣红，也无扑鼻芳香,所以不像松竹梅那样风光。幸而它的种子叫榆钱,与余钱谐音,因而引起古往今来文人墨客的注意,留下一些诗句,如庾信句:"桃花颜色好如马,榆荚新开巧似钱。"施肩吾句:"风吹榆钱落如雨,绕林绕屋来不住。知尔不堪还酒家,漫教夷甫无行处。"岑参句:"道傍榆荚仍似钱,摘来沽酒君肯否?"欧阳修句:"杯盘饧粥春风冷,池馆榆钱夜雨新。"金銮句:"又不颠,又不仙,拾得榆钱当酒钱。"

我的家乡风沙大,人们说一年两场风,从春刮到冬。春天,榆钱随风飞扬,飞到背风处,悄然落地,再遇上几场好雨,你看吧,沙丘上的树苗就会争先恐后,破土而出,长成小树,过个十年八年,就会连成一片,蔚然成林。城东城西的几片林子,都是自生林。

土产公司收购榆钱,一些贫寒人家,每天起早贪黑,尽量多扫些,卖点钱填补家用。学校也号召同学扫榆钱,由各班班长负责把收来的榆钱送到土产公司。土产公司过磅付费后,还给一张证明,上面注明重量。这个活动不仅可以攒点班费,还属于绿化活动,一举两得,所以大家积极性很高。

东北有一句揶揄人的话:榆木脑袋不开窍。没有劈过榆木的人,大概很难体会这句话多么形象生动!榆木坚硬,一般的刀斧,奈何它不得,即便是长把利斧,不顺着纹理,不打楔子,也劈不开。榆木纹理细腻,木质紧密,花纹美丽,黄褐色,可用于家具、农具、车辆、桥梁、房屋,但把那些不成材的木头劈成烧柴,那可是个苦活累活,还要动脑筋。

以前植树造林,常常种植单一树种,闹起病虫害来,简直没有办法。记得我们县在离城两三公里的地方,花了几十年,种起了两圈榆树防风林。本来长得郁郁葱葱、蓬蓬勃勃,但后来生起了金花虫,林业局动员全县干部、职工、学生捕杀，打药，甚至用飞机喷药灭虫，展开"人虫大战"，但还是没保住，眼睁睁地看着树叶被虫子吃光，成片的榆树枯萎而死，全县人民十几年的心血化为泡影，实在可惜。

前几年回家，看到模仿自然生态的树林，各种树木交错生长，相辅相成，绿油油的叶子，闪着光，沙沙响，令人心醉。

关东风情

乌拉

乌拉这两个字,很多人不知何意。乌拉意为东北人冬天穿的一种鞋,用皮革制成。如今这种鞋早已不见踪影,不要说年轻人没见过,倘若不是年近古稀且在农村生活过的老者,谁也说不出个子午卯酉。

这种鞋,用牛、马、猪皮均可制作,但牛皮特别是牛背上的厚皮最佳,用马皮、猪皮也行,但没有牛皮结实抗磨,故而档次偏低,卖不上好价钱。我上小学时,每天都要路过一家皮铺，经常扒在玻璃窗上看皮匠怎样熟皮子、熏皮子，怎样把熟好的皮子裁剪加工，做成辕马套、马笼头、鞭子等车马用具。

过去有钱人家，都是买鞋或定做，而一般人家，皮鞋靠买，单、棉布鞋均由主妇自己做。乌拉虽是土皮鞋，但自家做不了，必须由技术熟练的皮匠制作。缝制的程序大体如下：先把熟好泡软的皮子剪好，之后向内翻，在鞋头处压出二十几道"包子褶"，再把后跟缝牢固定，这样，一只鞋帮、鞋底、鞋头连在一起的乌拉就基本成型了；用鞋楦子定型风干后，另用一块小皮子盖住脚面，俗称乌拉脸，也称乌拉鼻子。乌拉比一般的鞋都肥大许多，分大、中、小三种号，出售时，不是按大小，而是用秤约，越重，证明皮子质量越好，价钱越贵。但乌拉不能直接上脚，还要继续加工，装上"耳子"，即将穿带用的皮环两三对，缝在鞋帮两侧，穿时扎紧绳子，鞋才能跟脚。

乌拉草属莎草科绿色草本植物。叶细长，晒干后用木槌反复捶打，柔软如棉，絮在乌拉内，有草的清香，可保暖御寒。康熙年间翰林院侍讲高士奇在《扈从东巡日录》中，有关于乌拉草的描述："缝革为履，名乌喇。乌喇坚，足不可裹，泽有草，柔细如丝，摘而捶之，实其中。草无名，因用以名。"俗语云：东北有三宝，人参、貂皮、乌拉草。《吉林外纪》有云："夫草与人参、貂皮并立为三，则草之珍异可知。"但近年有人将"东北三宝"改为人参、貂皮、鹿茸，估计是因为没人再穿乌拉，乌拉草也没人用了，于是被时代抛弃。

我小时候，修鞋铺冬天都卖捶好的乌拉草，一把一把地挂着，在风中飘舞。修鞋人用一块木头做砧子，把草放在上面用木槌捶打，发出沉闷的咚咚声。也有专卖乌拉草的摊子，离得挺远就能闻到一股干草的清香。

乌拉的穿法，大体有两种：一是先在乌拉

里絮上乌拉草,之后用裹腿布将脚包好,再穿上乌拉,捆紧绑好。一是穿上高靿棉袜或高靿毡袜,里面絮不絮乌拉草均可。乌拉肥大宽长,分量轻,保暖好,特别适于雪中行走。

　　我小时淘气,十冬腊月,也整天在冰天雪地中疯跑不着家,一双棉鞋根本不够穿。我三四岁时,爸爸到皮匠铺,为我定做了一双小乌拉。小孩没有穿乌拉的,一般皮匠铺根本不做,但因莫家皮铺与我家有点亲戚关系,就为我特制了一双。小乌拉是好牛皮做的,黄色,小巧玲珑,看着像工艺品,很好看,提在手里沉甸甸的,后跟处为了抗磨,还打了两根圆圆的铁钉。每天絮乌拉草太麻烦,小孩子没这个耐心,爸爸就为我买了一双厚厚的高靿白色毡袜,直到膝盖,妈妈用厚布又做了个套子,罩在雪白的毡袜上,目的是加固加厚,多穿几天,否则一个冬天根本顶不下来。穿乌拉时,把棉裤腿稍稍一挽,脚很容易钻进去,跟穿靴子一样，连乌拉带都不用系。成人的乌拉一双能穿三五年，节省者能穿十年八年，我是一年一双。等到春天换鞋时，毡袜不知补了多少次，乌拉早已变形，后跟的铁钉不知去向，留下两个像眼睛似的大洞。我妈说我脚上长牙，铁鞋都能咬破，要不是天天为我烤毡袜，大概两个月就得破。

我是汗脚，鞋袜臭气熏天，用伙伴们的话说，顶风能臭十万八千里，连孙悟空都怕我的毒气弹！但妈妈每年冬天，天天晚上为我烤鞋袜，否则第二天鞋袜都是湿的，冰凉，没法穿。妈妈常说，脚心暖和，百病不生。我在妈妈身边生活了十八年，在妈妈精心呵护下，身体一直很好，连头疼脑热都很少，基本上没吃过药。我后来离开故乡，到外地读书，开始独自生活，身体不如以前，时不时地跑医院，打针吃药。

我一连四年穿小乌拉，直到莫家皮铺搬

走，没有人再做为止。如今听说，乌拉在东北已成文物，陈列在博物馆，一双旧乌拉，也价格不菲。

嘿，咱小时侯穿过文物，也够牛的。

幌子

我小时候,县城里的药店、杂货铺、裁缝店、饭店、大车店、茶馆、铁匠铺、皮铺,都有幌子。有的是布制,有的是木制,有的是铁制,还有的用实物,真是八仙过海,各显神通。幌子是招牌,是广告,不识字的人,一看幌子,就知道这家干什么营生。

最好看的是药铺的幌子,门外左右各一个,高丈余。幌子上金漆,分五节,上面用铁钩吊着。第一节是雕刻花纹的长方形木板;第二节是三角形木板，上绘黑色半圆；第三节是斜挂的正方形木板，上绘黑色圆，像贴膏药；第四节为三角形木板，绘黑色半圆；第五节是木雕双鱼；底部用铁钩固定在地面。

最难看的是大车店的幌子，是个箩筐，用四根绳子挂在幌钩上。我一直不明白大车店为什么用箩筐作幌子，难道是说，这里是个筐，三教九流，五花八门，不管什么东西，都可以往里装吗？

饭馆的幌子，是一个直径约二尺的圆形锣圈，下面是一圈布条，在风中摇摆，令人想起杜牧"水村山郭酒旗风"的意境。幌子有三种颜色：红、黄、蓝。红色表示荤腥，黄色表示素食，蓝色表示清真。同时又有一个、两个、四个之别。幌子的多少，相当于现今饭店的星级，表示级别，比如一个幌，是最低档次的鸡毛小店，只能做些面条、馄饨等小吃；两个幌，表示有煎炒烹炸，冷菜热菜，米饭馒头；

四个幌为高级,表示有山珍海味,炒焖煎熘烩,烹炸熬汆炖,无所不精。超高级的为八个幌,天上飞的、地上跑的、水里游的,只要客人能说得上来的菜,全都会做,且无所不精,理论上讲,要达到客人点什么,就能做什么的水平,否则就算虚假宣传,客人可以摘你的幌子,砸你的场子,羞辱你。

幌子,不仅是一种广告,也是营业与否的标志。饭馆开门,店小二要把幌子挂上;关门时,要把幌子摘下来,放到店里,表示下班了,不再营业。

如今,挂幌子的饭馆已经是凤毛麟角,很多饭店把看家菜肴用红油漆写在门窗的玻璃上,远看,红乎乎一片,挺闹心。这一招,也不知是谁发明的,各地争相效仿,俗不可耐。

东北大秧歌

东北过年扭秧歌,尤其是县城以下的村镇,没扭大秧歌,等于没过年。

有学者说,在清朝康熙年间,流放的艺人,将内地的戏曲歌舞带到东北,后来它们与东北人的热情浪漫相结合,逐渐形成了这种独具风格的群众娱乐形式——东北大秧歌。

仔细观察东北大秧歌就会发现,其中有歌舞、戏剧、杂技、武术等,是各种民间娱乐形式的大杂烩,特点是简单、热烈、火爆、喜庆。人物装扮以戏装为主，有的干脆扮为《西游记》《三国演义》《红楼梦》等传统戏曲中的人物。其中还穿插舞龙灯、跑旱船、打花棍、打花鼓、踩高跷、扑蝴蝶等表演。如果你没有专业特长，也想散散心，凑凑热闹，只要跟着鼓点，扭动身体即可，没有门槛，人人可为，但要扭得美，扭得风情万种，还真得下番苦功。这种群众性的娱乐活动，少则几十人，多则几百人、上千人，翩翩起舞，锣鼓喧天，万紫千红，争奇斗艳。

以前秧歌的组织者，多为富商大贾、民间团体，由他们出资买服装道具，聘请鼓乐班子，招集人员。现在则由县政府有关机构委托企事业单位组织。一般企事业单位都有开展文艺活动的骨干，轻车熟路，一呼百应。不过，他们也在暗中较劲，搜肠刮肚，相互攀比，看谁别出心裁，出类拔萃，拔得头筹。

早年间秧歌扭到哪家门口，哪家就要预备

烟茶赏钱，中华人民共和国成立后废除了这种规矩，但要放鞭炮，表示感谢。鞭炮放得越多，秧歌队就越高兴，扭得就越欢。最精彩的是两队秧歌街心相遇对垒，那锣、鼓、唢呐声随之急促高亢起来，个个铆足劲，拿出看家本事，一决高低。

这个时候的大秧歌，最有看头。

马掌

在铁匠铺前面,一般都有钉马掌的木架。那是深深牢牢埋在地里的两根粗原木,上面是一根粗木横梁。

钉马掌时,把马牵到木架中,用绳索捆牢。钉掌师傅搬起马腿,放在木凳上,或用绳子固定,先把旧掌取下,再用刀、锉等工具将马蹄削平,找一个与之前用的蹄铁钉孔正好相反的新蹄铁钉上,这样就不会钉到以前的钉孔中,造成松动脱落。铁钉约半寸长,用锤子斜钉到马蹄的角质层上,然后再把露在外面的钉子头打掉。四只马掌钉完,马即可松绑。

马掌可用数年,磨损后再换新的。过去换一副马掌,需要三四块钱,听说现在至少得一百块钱。

牛也拉车,但牛不用钉掌,可能因牛蹄厚,走得慢。听说驴、骡也有钉掌的,但比较少。唯独马,钉掌的最多。有人说,马的速度快,奔跑时,路面不平,极易受伤,所以赛马都要钉马掌,就像人速跑时需要穿钉子鞋一样。东北冬天冷且长,路冻得跟铁板似的,上面还覆盖着冰雪,马在上面走,极易摔倒,造成重伤,所以马蹄都钉上马掌,跑起来才能抓住地,稳当。

在中国,铁匠铺的人都会钉马掌,也没有专业职称,但在欧洲,钉掌是一个正经八百的职业。你要到专业学校学习几年,一定要会打铁，制作马蹄铁，有钉掌技术，还要懂动物心理学，才有资格给马钉掌，有的人甚至有硕士学位。

马蹄上削下的角质皮，在钉马掌的木架下有很多，没有人要。我到北京后，看到花店里卖，说是种花的好肥料，还挺贵，十几块钱一斤。前几年市场上还能买到，这几年贵贱买不到了。

过去大车是农村的主要运输工具，很多人家养马，如今都用汽车、拖拉机拉脚，马车成了"古董"，马掌自然也随之消失。

搂柴火与生炉子

以前我们县没有煤、煤气和电,做饭取暖都靠柴火。所谓柴火,主要是庄稼的秸秆、树枝、树叶或野草、野蒿。也有人用牛粪当柴烧,说火很旺,但烧的人家不多。有些庄稼的秸秆,是舍不得烧的,比如谷子的秸秆,即谷草,金黄色,用铡刀铡短后,是喂马的好饲料。大豆的秸秆可以喂羊,苞米的秸秆可以喂牛,高粱的秸秆可以编席织篓,小麦的秸秆可以编草帽、篮子等工艺品。在心灵手巧的农民眼里，庄稼的秸秆都是宝，都有用，用不完时，才当柴烧。

除庄稼的秸秆之外，羊草也是好柴火。我的老家在东北松嫩平原，那儿生长一种禾本科植物——羊草，又名碱草，生命力顽强，多年生，可长近一米高。名为羊草，但不光羊爱吃，牛、马、猪等家畜都爱吃，就连老鼠、蝗虫也爱吃。当地人说，羊草是饲草中的细粮，有油性，有营养，喂牲口，不用料，也上膘。每年夏天，农闲时节，农民就扛着一人多高的大钐刀去打羊草，晒干后，当饲料或当柴卖，挣点闲钱。

烧柴火，就得有个堆放柴草的地方，俗称柴火垛。深秋初冬时节，柴火垛最高大，因为那时柴火多，也便宜，而且冬天冷，须用大量柴火取暖。殷实人家，一次就买够一年烧的，堆码在一起，高如小山，下雨下雪，都湿不透。从街边走过，看看各家的柴火垛，就能猜

测到他们的日子过得如何。

学校冬天也要生炉子,需要柴火。想一想,一个学校,几十个班,千余名学生,一冬天得烧多少柴火呀!学校没有那么多钱,可又不能让学生冻着,于是就自力更生,发动学生去捡。一般是周六下午,学生们拿着绳子,带着镰刀,扛着笆子,到庄稼地、草甸子、树林中去寻找,不管是庄稼秸秆,还是树枝树叶、野草山蒿,只要能烧就行。男老师们负责把学生背回的柴草码成垛,踩实,上面弄成三角形屋顶状斜坡,防止漏雨漏雪。各学校的柴垛都很高大,像座山。

天冷时,学校用砖在教室中间砌个长方形的炉子,中间放上铁炉箅子,上面盖上铸铁炉板,再安上铁皮炉筒子,通到窗外。开春时,天暖和了再扒掉。别看这活儿挺简单,但里面的学问大着呢!技术差的,炉子不好烧,满屋子冒烟,烟熏火燎,人都成了腊肉。技术好的，炉子点起来，呼呼响，一点也不冒烟，屋子很快就热了。隆冬时节，学生们轮流值日，早早来到学校，把炉膛的灰扒掉，再抱柴火生炉子，把教室烧热。大家都是小学生，天天生炉子，老师不放心，每天都要检查、叮嘱几遍，怕发生火灾。

我家的柴火，都是买的，一年得烧十来车。农民们一大早赶着马车到市场卖柴火，买主根据柴车大小、柴草质量讨价还价，讲妥后，买主领着柴车回家，由农民负责卸车，将柴火码到柴垛上。我家住在城墙边，秋天时，城边的树叶落了，铺在地上，厚厚一层，人走在上面哗啦哗啦响。妈妈常扫一些树叶，装几麻袋，堆在柴垛里。她说树叶好烧，火冲，平时舍不得烧，来客炒菜或烧桦子（大块的木柴）时当引柴。

上高一时，我到乡下去搂过一次柴火。那个屯子距离县城几十里，名字我忘了，是坐马车去的，我住在郑家。郑家大叔是我爸的朋友，他有三个儿子，都已结婚，儿孙满堂，但没分家，十几口人，住在一起，儿媳们轮流做饭。农闲时节，农村每天两顿饭。我吃完早饭，就扛着大笆到草甸子上去。大笆有一米多宽，有二十几根用钢丝做成的钩状齿，笆杆有两米长，上有一个长约二尺的挡板，可以拉着向前走。笆子下面还有一个用秫秸（去掉穗的高粱秆）编成的帘子。笆齿上挂满柴草时，就把它们放在帘子上，继续搂。帘子装满有几十斤重，就卸下来，把柴草堆在一起。十几帘子柴草就很大一堆了，离很远就能看到。一个人在草甸子上走来走去，很寂寞，没人说话，只有风从耳边掠过，偶尔有惊起的小鸟紧急升空时的惶恐鸣叫。我在乡下住了一个星期，觉得差不多搂够一马车柴草了，就回了县城。春节过后，爸爸雇了一辆马车，把柴火拉了回来，很大一车，但没有烧多少日子。我妈说，你搂的都是水边长的细毛毛草,柔软,好搂,显堆,但不抗烧。那是我有生以来,第一次下乡,对农村猫冬的寂寞和无聊有所体会。

家家都烧柴草,做饭时,灶烟袅袅,缭绕不绝。尤其是冬天,没风时,整个县城都笼罩在烟雾中,空气中弥漫着一股呛人的烟味。

那时的文学作品,把灶烟写得很美,称之为人间的烟火、富足生活的象征、田园生活的诗情画意,把希望、幸福描绘在蔚蓝的天空。

捡粪与送粪

第二小学有一块地,在城南,离学校不远,是上农业知识课用的,叫教学用地,或试验田。田里种些什么,怎样试验,我如今一点印象也没有了,倒是捡粪送粪,记得一清二楚,如在眼前。

那时候县城里还没有化肥,种地全用农家肥。记得在县城中心的十字街上,就有用红漆写在建筑物墙上的大标语:种地不上粪,等于瞎胡混;庄稼一枝花,全靠肥当家。由此可见，肥料在农业生产中何其重要。

那时乾安是农业县，连县城居民也以农民为主，干部职工及其家属，可能仅占三成。干部职工挣工资，吃商品粮，属城市户口。农民虽然也住在城里，但挣工分，粮油由生产队发放，属农业户口。但不管是农业户口还是非农业户口，家家都有个粪坑，用来储存人畜的粪便、草木灰、瓜果皮壳、烂菜剩饭等生活垃圾。农业户用这些粪肥滋养自家的自留地，或上交生产队。非农业户可卖给农民，由他们把粪肥挖出，装车拉走。最好的肥料是人粪尿，即大粪，最有效果，价钱也最贵。其次是猪、鸡、马、牛、羊等家畜的粪便，也是上等好肥。还有草木灰、麻酱渣、绿肥等等。什么庄稼上什么肥，上多少，什么时上最好，农民们一清二楚。这些从世世代代劳作中总结出来的宝贵经验，留传至今，依然滋润着中国的农业生产，维系着自然循环和生态平衡，养育着中华儿女。

学校的试验田也需要肥料,学校的厕所是主要来源。大粪虽然是好肥,但也不是万能的,施过量,容易把庄稼"烧死"。所以学校号召各班捡粪积肥,这虽不是什么重活累活,但要勤快,不怕脏。那些勤劳的老农,走路时从不空手,随身背着一个捡粪的粪箕子,手里拿着粪叉,看到路上有马粪猪粪就用粪叉装到粪箕子里。日积月累,粪堆自然高大。所以,想捡粪,必须起早,抢在农民前面,捡拾车马路过时留下的粪便。起来晚了,马路上干干净净,什么也捡不着。

学校规定了高年级学生冬春时节要交多少筐粪。有的是自己捡,有的是从自己家粪坑里挖,但不管男生女生,都是自己动手,没有叫父母代劳的。小学生也有很强的自尊心,这点事自己都办不了,还得靠父母,叫人家笑话,丢不起那个人。

这些农家肥,堆在一起,压实,封好,等里面自然发酵,冒出热气,变成熟肥才可以使用。春天化冻前,把粪肥送到地里,自然也是高年级的任务。没有运输工具,就向城郊公社借大车;没有牲口,就用人拉。老师临时通知,今天晚上送粪,班干部和身强力壮的同学晚饭后到学校集合。人齐后,到生产队去拉大车,装上粪肥,送到地里,堆成馒头状。一晚上能拉三四车,十点来钟,把车送回生产队之后,解散回家。

这种活儿,都是男老师领着男生干,没见过哪个女老师带着学生拉大车送粪。学校在安排这些较繁重的农活儿时,还是男女有别的。每次送粪,都是选择月光皎洁的晚上,踏着月光,与同学边说边笑边干活儿,心情很愉快。大家积极性都很高,抢着报名。

干农活儿时与平素不同,说话管用的不再是班长或成绩最优秀的尖子生,而是那些会干农活儿的同学,有时老师也会问问他们应该怎么办,那些会干农活儿的同学此时很有面子。虽然都是学校的事,但不同的活动有不同的中心,每个人都有特长。在四五年级时,我的班主任叫鄂九祯,他师范毕业,书教得好,也会干活儿,在学生中很有威信。有一年,他带的学生,一个不落,全都考上了重点中学。我上大学时,他调到第一小学去当校长。记得我去看他一次,但没说几句话,因为他太忙,不断有人推门进来找他。

鄂老师,您好吗?还记得领我们送粪的事吗?

托坯与打墙

打墙这种技术,古已有之。如今在甘肃嘉峪关、武威等地,经两千余年风雨剥蚀,仍然巍然屹立于天地之间的汉代长城,就是明证。如今到处是水泥森林,土石墙很少见了,古老的打墙技术,大概也快失传了吧?

我小时候在东北,见过不少人家打墙建屋。打墙前,先要清理墙基,把上面黑土层清干净,露出黄土。黑土松散,打不实,打墙易倒,所以都用黄土。黄土也不用到别处去拉,就地取材，铲除黑土层，下面就是取之不尽、用之不竭的黄土。打墙时，用四根直径约十五厘米、长两米的木杆，每边两根，摆成长两米、高三十厘米的长方形，两头用木挡板，中间用粗麻绳固定三道，防止上土时或用榔头捶打时变形或裂开。上土后，先是用脚将土踩实，再抡起木榔头打一遍，再上土踩实打一遍，三十厘米高的墙就算完成。解开固定木杆的三道麻绳，将木杆在打好的墙基摆好，依样画葫芦，这墙就每次增高三十厘米。

过去东北吉林省一带，常见这种用黄土打起的围墙、房框，三米多高，很结实，外面每年抹泥保护，可用几十年。打墙是技术活儿，需要三四个人同时动手，弄不好，墙打歪了倒了，等于白干。我虽出于好奇，抡过木榔头，但那是玩，没有正经八百地干过，所以不知有多累。

我们那里，家家都是土炕，住床的很少。

所谓炕,实际上就是在弯弯曲曲的烟道上面,铺上一层砖或土坯。它一边连着灶台,一边连着烟囱。灶台的烟火热气通过炕排到室外,顺便就把土炕烧热了。有的炕是用土坯搭的,两寸厚,烧热后散热慢,热度可以保持几个小时。也有用砖搭的,但热得快凉得也快,所以大部分人家还是爱用土坯,既保暖又便宜。考古人员发现商代时就已经有了火炕,可见老祖宗发明的这种将烧饭取暖合二为一的充满生存智慧的方法,已经延续数千年,至今仍惠及子孙。

土坯不结实,易断裂,而且时间一长,会结一层烟油子,影响烟道导热和畅通,所以每年秋天,都要扒炕,就是把去年的旧坯换成新坯,这样炕才热。我家三间土房,两铺炕,每年需要百余块土坯。

托坯这活儿,以前都是我爸干,我上中学后,就由我来接班。平头百姓家,不管男孩女孩,有了一定劳动能力之后,用不着大人吩咐,都会主动分担一些家务,要不怎么说穷人的孩子早当家呢?

先是用手推车拉几车黄土,再往土里放一些麦秸、羊草,相当于在混凝土中放入钢筋,浇上水,调均匀,闷放一夜,就像和完面需要"醒"一会儿一样,第二天好用。托坯用的坯模子,是一个约两尺长、半尺宽的长方形木框。把坯模子放在平地上,放入和好的黄泥,注意四角要按实,上面抹平即可将模子拿下,之后将坯模子在水盆里洗一遍。泥太稀,坯易变形;泥太干,坯模子不好往下拿;泥和得不干不稀才合适。一块坯用泥三四十斤,一百块坯用泥就三四千斤,再加上来回搬运走路,劳动量很大,劳动者腰酸背痛是免不了的。两三天后,土坯半干,就可以立起来晾晒。天气好,大约一个星期就干透了,可以码成个漂亮的三角垛备用。

自家托的土坯，比买来的结实耐用。有些人家小孩多，怕他们在炕上乱蹦乱跳，弄断土坯，就在土坯中放一些小木棍，增加抗震的强度。

热炕使人全身通泰，类似电褥子，但比电褥子养人。

抹房子

抹房子是我故乡的一大奇观,别的地方大概没有。

一般的屋顶,多为三角或斜坡,用瓦或茅草修缮,以利于雨水流淌,积雪清扫。但在我的老家,屋顶不用瓦和草,而是光秃秃的土顶,只是略呈拱状而已。

这一带盐碱地多,出一种碱土,呈黑灰色,加水和成泥,滑溜溜的。这种土湿时膨胀泥泞,干时收缩板结,形成一个硬壳。不知是哪个聪明人，因陋就简，就地取材，利用碱土的这种特性，抹屋顶围墙，代替屋瓦与茅草，使当地人不受风霜雨雪的侵袭，安居乐业，繁衍生息。

每年开春，在大雨到来之前，家家都要抹房子。家里劳力多的，自己干；劳力少的，几家合起来互相帮助；没有劳力的家庭，就得花钱雇人。抹房子先要买几车碱土，之后放上麦秸、羊草，再加水和成稀泥，搅拌均匀。抹房子最累的活儿是把泥运到房顶。一种方法是搭梯子，用桶或盆运。一桶或一盆泥有百八十斤，拎着或端着上梯子，运几桶还可以，干一上午，一般人受不了。另一种是用泥叉甩。这种叉子三个齿，柄很长，靠臂力把一团团泥甩上屋顶。泥运上屋顶就好办了，用泥板摊匀抹平即可。

屋顶抹完，就开始抹四面屋墙，高的地方手够不着，要用木凳，低的地方随手就干了。抹房子虽是粗活儿，要的是力气，但也有技术要求：表面光滑，厚薄一致。屋墙抹完，大功告成，就可以喘口气，抽袋烟，喝口水，休息一会儿，准备收工了。

每年抹房子,都是件大事,关系到夏天是否漏雨,家家都很重视。以前我家抹房子,都是爸爸与别人家互助,今天你家,明天他家,后天我家,轮着来,轮到谁家,准备一顿好饭就行了。

我上高中后,抹房子就不用爸爸操心了。到时候我叫几个同学来,大家一齐动手,说说笑笑,大半天就干完了,也不觉得累。

如今县城里楼房林立,找不到土房,"抹房子"这个词,已经消失。我翻《现代汉语词典》,里面没有这个词,《关东方言词汇》《吉林方言土语词典》里,也没有。将来有人遇到这个词,肯定莫名其妙,不知所云:房子为什么要抹?怎么抹?用什么抹?不知要花多少时间,多方考证。如果他能查到我这篇小文,问题则可迎刃而解。

挑水

以前县城里没有自来水,靠井水生活。有青壮劳力的人家,自己挑水;老弱病残或家境殷实之家,挑不动水或不愿挑水,就买水吃。这样就产生了一种职业:挑水工。他们不用水车,全靠肩膀。有专职挑水工,整天挑水;有兼职挑水工,早晚挑水,平时打零工或种地。这种活儿比较简单,不需要什么技术或成本,有两只水桶,一根扁担,一身力气,就能养家糊口。挑水的人,以姓氏和职业命名,叫王挑水、李挑水、张挑水……很少有叫名字的。

家家户户都有水缸,大的可盛四五担水,小的也能盛两担水。挑水工到各家送水时,送一担,拿一个水牌,攒到月底结账。

我家平时由爸爸挑水,一个大水缸,四担水才能装满。全家人吃饭洗衣,全靠这缸水。每隔十天半月,妈妈总要把缸水淘净,洗刷一番,名曰淘缸底子。爸爸出差下乡时,由妈妈挑水。我小时候渴了,就抄起水瓢,舀一瓢凉水,咕嘟咕嘟灌下去。那时我天天喝生水,从不闹肚子,也没落下什么毛病。我上初中后,就不再让父母挑水了,由我管全家用水。那时候,男孩长到十五六岁,能挑动百八十斤重的担子时,似乎就有了一种责任和义务,应该自觉分担家务,再叫父母去挑水,是很没面子的。

井台一般比较高,上面架着辘轳,把水桶系在井绳的铁钩上,放到井里,到达水面后,用力左右摇摆，使水桶倾斜进水、灌满、下沉，这时摇辘轳把，将水打上来，倒进那个空水桶，再打第二桶。挑水的要领是掌握平衡，保持两边水桶离地的距离相等，走路时，借着扁担的弹性，一起一落，一轻一重，既省力，又有速度。

东北的十冬腊月，天寒地冻，滴水成冰，井台一带全是冰，极滑，千万要小心，如果掉到井里，九死一生。一些好心的勤快人，早晨会用丁字镐把整块的冰刨碎，或在上面刨些洞，再撒些煤灰渣，增大摩擦力，防止滑倒。倘若不小心水桶没拴牢，掉到井里，也不用着急，问问谁家有"锚"，借用一下。所谓"锚"，是居民们自制的打捞工具，用几根粗铁丝缠绕在一起，上面挂满铁钩，拴在井绳上，在水中摆动，很快就能钩上水桶。

水井是居民的生活水源，要保持清洁，所以每年夏秋之际，都要组织居民淘井，把井水打干,人下到井底,把淤泥、垃圾清扫干净,让清水顺畅涌出。每年夏天,都有青蛙掉到井里,成为井底之蛙,在水中游来游去,晚上叫声不断,但奇怪的是,每年春天却不见踪影,也不知它们跑到哪里去了。井深两三丈,井壁垂直且光滑,它们爬上来的可能性极小,当人们挑水时被打上来借以逃生的可能性较大。

我家有个小菜园,种些蔬菜瓜果,天旱时要浇水,白天没时间,晚上借着月光,我和爸爸挑水浇菜,有时一晚上要担几十挑水,累得腰酸背痛。后来爸爸在菜园中打了一口小井,用木头做了井台,安上辘轳,井绳上挂一个细长的特制的小水桶。小桶底部有个圆洞,洞上盖一块红色橡胶垫,一边固定在桶上。水桶到达水面时,因其自身重量,橡胶垫的一边打开,水涌入。往上提时,水的重量将橡胶垫压紧,不会漏水。爸爸在小菜园还进行了"基本农田建设",修了水渠、菜畦,将旱田全部改

成了水浇地。我上大学后,每年暑假回家,几乎长在菜园里,在倭瓜架下看书看累了,就打水浇菜,过起了耕读生活,其乐融融。

我后来去了部队农场,驻扎在盘锦。营区内没有水井,只有一个大水池。水池的水,是春天开化时从水库引来的。全连一百二十余人,一年四季,生活用水全靠它。冬天结冰,炊事班每天都得砸冰取水。水池里还有鱼,不是特意放养的,而是随水库的水流进来的野生鱼。秋天把水淘干清理淤泥时,都能捉一些,改善一下伙食。

如今县城用上了自来水,水井、扁担、水桶、水缸都已不见,听说只有在偏远的农村还能看到。这些曾经与百姓日常生活密切相关的物件,已经存在了几千年,但如今有的已经寿终正寝,有的虽然还在苟延残喘,但也来日无多,消失是早晚的事。将来的人,只有在博物馆里,才能见到这些东西。

绿色的梦

小时候,我喜欢栽树。

我的故乡,在东北松嫩平原。小城的四周,长着高大的杨树和榆树。城外是农田、草甸子和碱巴拉(盐碱地)。没有山,也没有河,一马平川,无遮无拦。

我们那里的春天,是吵吵嚷嚷来的。先是刮大风。那风是黄色的,刮得飞沙走石,天昏地暗,对面不见人。那里的土地,似乎特别贪睡,不连喊带摇,它就不醒。

大风过后,是绵绵的毛毛细雨,有时一连下好几天。雨一停,大地可就变了样。向阳的坡上,小草不知什么时候伸出了紫红色的头。树梢也泛青变绿了。大地就像吃饱睡足的关东汉子,洗了一把脸,马上容光焕发,来了精神头。

农民们开始修理农具,准备春耕播种。小孩子们在屋里憋了一冬天,终于盼来了春和景明,细雨和风,就像鸟儿飞出了笼子,在蓝天白云下自由翱翔。看大人们植树造林,我们也照葫芦画瓢。没有树苗,就自力更生,爬上城边的杨树、柳树,折下枝条,在房前屋后挖坑插上。

我每年种树,但树成活的很少。

刚栽下时,我比较上心,每天浇水,但坚持三五天也就忘了。鸡刨猪拱,风沙干旱,树枝也就变成了柴火。

有时我心里着急,没有耐性,总盼着它快

点生根发芽,恨不得一夜间长大,便常常扒出来看看长根没有,所以我栽的树,比别人栽的死得快。

八岁那年,我发现埋在墙根后来忘记了的一根杨树条,长出了几片叶子,高兴得不得了,回家告诉三姐。她正在做功课,连头也没抬就说:"你栽的树还能活?活树也能叫你栽死。"我一气之下,把那根杨树条挖出来给她看,证明我栽的树确实活了。结果,这棵树没过几天也死了。奶奶说,那是根受了风,发芽的小树,像刚出生的婴儿,娇嫩得很,经不起折腾。什么叫受风?我不懂,但心里着实难过了好几天。

我们那个地方冬天很冷,苹果树、梨树、桃树过不了冬,但杏树不怕冻,所以杏树很多。我家菜园子里就有几棵大杏树。杏花开时,白花花的一片,如云似雪。杏花一谢,树上就挂满了指头大的青杏。青杏那叫酸,看着就牙疼。初夏时,杏子熟了,满树金黄。家里吃不完,就送左邻右舍,大家都有杏吃。

记得我上中学的时候,我们那里兴起了种海棠。爸爸带回了四根树苗,说是嫁接好的,几年就能结果。树苗有三尺多高,紫红色,很壮实。我和爸爸,还有弟弟,在月光下挖了几个坑,里面还放了土肥。一个人把着树苗,一个人培土,把根埋上后,再稍稍向上提一提,以使树的根须舒展开来,之后踏实浇水。

我们那里的土地属碱性,一般的果树长得干干巴巴,又瘦又小,唯独海棠树不怕冻不怕碱,长得虎虎实实,而且果特别大,一半红一半黄,又脆又甜。

四棵海棠树,能结一二百斤果,家里吃不了,就送人,送人送不了,就晒果干。直到我父母离开故乡前,每年我都收到一大包海棠干,又甜又酸,大家都爱吃。

我们那个地方栽柳树,常常是砍下很粗很

长的柳树桩,埋在地下,几年就是一棵大树。

我家的院子里,也栽了四根柳树桩,当年树桩顶部都抽出了一米多长的柳条,像撑开的一把伞。我很高兴,心想几年之后,四棵大柳树会把院子遮得严严实实,这样,夏天可就晒不着了。那天晚上,我做了一个梦,看见如雪的柳絮飘向四面八方,转眼间就长成了大树,满山遍野,遮天蔽日,到处是浓荫,到处是翠绿。

可是,不知为什么,这四棵柳树总是长不大。每年春天,去年长出的柳条全部枯死,重新在树顶上冒出一圈新芽,所以柳树年年长,年年那么高。

后来才明白,这是因为我家西边建了一座火力发电厂,每当刮西风时,电厂的烟雾就往东刮。有时早晨起来,院子里会有一层黑色的粉末。那是从烟囱里飘出来的未燃尽的煤粉。在这样一种环境里,柳树当然活得很艰难。它想长高长大,但又无法长高长大,所以很难过很憔悴。

我现在住在城里的高层建筑中,没有地方栽树,于是就养了几盆花。它们虽然也能给我几分慰藉,但无法与我故乡土地上的海棠、杏树媲美,因为那些吸收自然的雨露、阳光顽强生长起来的树木,与我相依为命。我养它们,它们也养我。而这些花盆里的花草,只是一种点缀和装饰而已。

前几天收到故乡的来信,说原围绕小城的老树现在变成了环城公路,城区比原来扩展了几倍。我当然为故乡的发展而高兴,但同时也为城边那些百年老树的离开而惋惜,怀念那片为小城防风御沙的浓郁的绿荫。

在电视新闻中,看到三北防护林像绿色的飘带,在北方大地上蜿蜒伸展,心底有一种凉丝丝、甜蜜蜜的感觉。

我相信,只要"绿水青山就是金山银山"

的理念在人们的心里生根发芽,我那美丽的绿色的梦,就一定能实现。

亲情如酒

我家的小菜园

我家的小菜园,原来可不小,从我家往南,直到马路,整整横跨一条街,长百米,宽约三十米,种些瓜果和蔬菜。

春天,积雪化了,树绿了,草青了,园子里的葱和韭菜,好像怕落后似的,着急忙慌地拱了出来。刚出土的嫩芽,鹅黄色,胖胖乎乎,干干净净,玲珑剔透,太阳一照,变成浅绿微黄,之后才是"葱翠"。韭菜芽出土时,是紫红的,像草,长长就绿了。我家的两畦韭菜，可能是好品种，叶宽似马莲，叫马莲韭。

爸爸在韭菜旁挖个小沟，上马粪，浇透水。韭菜喝饱了，吃足了，铆着劲往上蹿，几天工夫就半尺高，可以割了。人们吃了一冬天白菜、萝卜、土豆，都想吃个新鲜，韭菜和葱，大概是头一口。秋天韭菜出薹开花，薹可炒食，嫩花可用磨研碎，加盐，制成韭花酱。韭菜虽然可以一茬一茬割，但只是春秋出风头，夏天，各种蔬菜都下来了，没人理它，任其疯长，它就像懒人的头发，横七竖八，乱糟糟的。

夏天，瓜果下来了，菜园里五彩缤纷，十分热闹。中午放学回家，我先进菜园，寻找熟透的西红柿、香瓜。故乡的西红柿有鸡心、红桃、黄玉、马奶子、馒头多种，红、黄、粉、紫，颜色不同，味道各异。我不太喜欢火红的桃状柿子，忒酸；而黄色的马奶子是首选，甜。

香瓜的种类极多,有白糖罐、青白玉、蛤蟆酥、青皮、老面瓜(也叫老太太乐)……扒开瓜秧,用手指弹一弹,瓮声瓮气,撅着屁股闻一闻,有香味,行,熟了,摘下来,在裤腿上划拉两下,用大拇指在瓜头上划个深印,一敲,裂开,瓜皮是白的,瓜肉是青的,香、甜、脆。

爸爸不管走到哪里,都把儿女放在心上。有一年,爷爷病了,爸爸去老家探望,看见爷爷家房前屋后,长了许多爬地果(草莓),就挖了几棵,精心包好,坐火车、汽车、马车,走了三天三夜,一千多公里,回到家,竟然栽活了。爬地果爬蔓,长半尺许,落地生根,又是一棵。两年的工夫,南墙根一带,都是爬地果,叶子黑油油的,密密层层。果,小酒盅大,熟透后深红色,极甜。小县城没人见过,不知是什么,尝一枚,都说好吃。

一年冬天,不知谁家的猪钻进了园子,发

现爬地果的根好吃，把南墙根拱了一遍。第二年春天，一个芽也没出，全叫猪吃光了。爸爸心疼得不得了，说好不容易长起来，太可惜了。

我上中学时，城镇兴起盖房子，先是在菜园南边，后又在中间，起了新房，菜园面积只剩原来的三分之一。菜园小了，爸爸侍弄得更加精心，一寸空地也不留。他在菜园中央打了口小井，安上了辘轳。用泥墙把菜园和院子围到一块，在墙顶插上带刺的酸枣枝。还不知从哪里淘换来海棠、桃树、杏树、李树，栽在园子里。窗前是花圃，有几十种花草。花圃前面是菜畦和果树。屋后是二十几棵枸杞树，屋东是两人高的倭瓜架。我家三间土房，掩映在青枝绿叶中，打开窗子，就能闻到花草果木的清香。

枸杞结果时，妈妈就忙了。一大早起来，就到屋后摘枸杞。枸杞果红红的，多，但个儿小，摘起来很费事。我问妈妈："干吗起那么早？"妈妈说："你可不知道，麻雀、喜鹊都爱吃。吃，就好好吃呗，它不，来一大帮，瞎扑腾，弄得满地都是，好好的东西，白瞎了。我得赶到这些鸟前头才行。"妈妈有老病肾炎，听说枸杞健肾，早晨起来，就吃一把带着露珠的枸杞，后来果真去了病根，再没犯过。南方人说枸杞头可炒食，可焯水后凉拌，极清香，可惜没吃过。

枸杞的根系发达，串到哪儿，就长出一棵小树。有一年，我家的屋地上，竟钻出一棵绿油油的枸杞来。它的根，穿过屋墙，从地底下爬出来，自立门户。我很兴奋，说留着它吧，长成大树有多好。爸爸笑，说哪有屋里能长树的。小树长了三四寸高，还是死了，因为照不着太阳。

看人家的细嘴瓶里有根水灵灵的顶花带刺的黄瓜，用酒泡着，我很羡慕，就找了个大玻璃瓶，吊在黄瓜架上，把寸余长的小黄瓜伸到瓶子里。我期盼黄瓜长大，但弄了多次，都不成功。妈妈说我性急，总摆弄，弄来弄去，黄瓜就死了。现在想起来，还觉得遗憾。

屋子东边的倭瓜架，立柱有碗口粗，横梁也有胳臂粗，与房子一样高。倭瓜的蔓能长几丈，顺着木桩爬，直到屋顶。肥大的倭瓜叶，把倭瓜架盖得严严实实，一点阳光也透不过来，底下很凉快。我喜欢在倭瓜架下读书。听风吹倭瓜叶的沙沙声、蜜蜂的嗡嗡声、蝈蝈的叫声，有一种难以言状的安详和宁静。看书累了，就到菜园里摇辘轳，打水浇菜。三伏天，打一大盆水，在太阳底下晒着。天黑后，在高高的果树边，望着满天星斗，闻着瓜果花草的芳香，听着青蛙和昆虫的鸣叫，痛痛快快洗个澡。

倭瓜花一谢，毛茸茸的小倭瓜就有乒乓球大小。倭瓜长大了，瓜蔓难以承受，爸爸就用草绳、麻绳做个托,在底下托住,挂在横梁上。这是个细致活,都是爸爸自己干,怕我们笨手笨脚,碰掉倭瓜。秋天,叶黄了,露出了红黄黑相间的倭瓜,最大的如洗脸盆,几十斤重,得两个人抬。倭瓜皮厚,不爱烂,码在一起,可以吃很长时间。我在日本生活时,买一个饭碗大的小倭瓜,竟然合人民币近百元。我想起小时候,家里的倭瓜吃不完,都喂猪了,没想到这里如此金贵。

秋天最忙。葡萄下架,枝条剪得光秃秃的,只留老藤,挖个坑,厚厚地埋起来。我们那里冬天冷,桃树、李树、梨树,裸露着非冻死不可。怎么办?树小时,可以用草包土埋,现在树大了,再用草包土埋,得堆成小山。爸爸说,不怕,他有绝招。他买来几车柴草,把怕冻的果树埋起来,等于给它们盖了一层厚厚的棉被,叫它们暖暖和和睡大觉。忙活一年了,它们也该好好歇歇了。春天,柴草烧得差不多了，果树也睡醒了，伸伸懒腰，又比着发芽，抽条，开花，结果。

爸爸喜欢这个小菜园，早晨起来，先到菜园里转一圈，弄弄这个，看看那个，然后再洗脸吃饭上班。有时下晚班回来，也要拿着电筒，看看他的花和菜。妈妈早晨也是先进菜园，拿个小筐，拔几根小葱，摘把豆角，或薅点小白菜，割把韭菜，再进屋做饭。家里的蔬菜，一年四季，除冬天外，基本不用买，菜园里就有，而且是现摘现做。那时候不懂什么叫新鲜，但每天吃的都是刚离秧几分钟的蔬菜。

家里人口多，只靠爸爸的工资维持，日子清苦，一年到头大多是粗茶淡饭，大鱼大肉只是年节有数的几次。冬天没什么水果，馋了，就烀一锅胡萝卜、土豆、老倭瓜、玉米干什么的，吃一顿，也挺香。

我到北京工作后，父母在故乡又生活了几年，等父亲退休后，在儿女的催促下，卖掉老屋，搬到了城市。妈妈有一次对我说，这城里有什么好，不大块地方，真憋屈。我知道她想念生活了大半辈子的老屋，想念小菜园，想念亲手栽的那些果树花草，想念鸡鸭鹅狗，甚至那清新的空气，那鸟叫虫鸣，但有什么办法呢？他们年龄大了，有病有灾，总得靠儿女，身边没人怎么行？

父母病故后，我回了一次故乡，到老屋看了看。旧房子早就扒了，小菜园变成了一片新房。新房的院子都不大，放满了生活杂物，没有绿色。在一家的房后，我发现了那棵被锯掉的海棠树，树桩近一尺粗，虽已发黑，但还没烂。在贴地的地方，又长出一棵小树，半人高。哦，海棠，你还顽强地活着！

这棵树本来栽在园子的南边，刚刚两年，因为人家盖房子，占了那块地，只好把它移过来。常言说，人挪活，树挪死，何况在挖树时，弟弟一镐下去，不小心打断了一根杈。移栽的地方,原来是托土坯时挖的一个深坑,后来用垃圾填起来。没想到,小海棠树不但活了,还长得异常粗壮,比别的树都高大。

这棵新长出的小树,不知属于谁家,会不会长大?

我家的黄狗是小偷

我小时候,家里养了一条小狗。它性格古怪,跟谁也不亲,吃饱了,就躺在柴堆里,睡懒觉。我对它很好,有什么好吃的东西,都想着它,瞒着大人,给它留一点。可它对我却不够朋友。我与小伙伴干架,它从来没帮过我。其实用不着它冲锋陷阵,扑上去撕咬,只要站在旁边狂吠几声,为我助威,声援一下,就有足够的威慑力,把那些小坏蛋们吓跑。

有几次,我想带它出去玩,不让它睡觉,

它不耐烦，回头就咬了我一口，我的手指被咬破，鲜血滴答淌。有一次，它咬我，妈看到了。妈妈大怒，拿起扫帚，把它痛打一顿，骂它不知好歹，不知远近，是个白眼狼，把它赶出家门。但它赖在门口不走，整夜哀叫，妈妈心软，只好让它回家，但它不长记性，我逗它，它还咬我。这条狗，我家养了几年，后来它不知所终。

我上大学时，暑假回家，发现家里又养了条小黄狗。奇怪的是，它没见过我，但我进门时，它不叫也不拦。我跟妈妈说："它怎么知道我是家里人呢？"妈妈说："我也纳闷，它怎么认识你呢？可能家里有你的照片，它记住了。"小黄很聪明，什么事能做，什么事不能做，告诉它一遍就记住了。妈妈还说："养这条狗，是为了看果树。菜园里有几棵高大的杏树和海棠，春天开花时，白花花一片，结果时，枝都压弯了。从开花时开始，就得注意看守。有人来折花,有人来摘果,把树糟践得不成样子。果树开花时,我就把小黄拴在树下,你爸还特意为它用木板做了个窝。有人来上树,它一叫就吓跑了。小黄为这几棵树,立了大功。"

那年寒假,我回家时,小黄已经长大,全身的毛,油光锃亮,变成了一只威武雄壮的大黄狗。它看见我,急忙跑过来,亲热得不行。有一次,妈妈告诉我,说小黄嘴馋,又聪明,结果成了"小偷"。怎么回事呢?邻居姜大娘家总丢吃的。她家的碗柜挂在墙上,有四五尺高。每天吃完饭,姜大娘把剩菜剩饭放在碗橱里。可是,有一段时间,剩下的饭菜总不翼而飞,尤其是有肉有鱼油水大的菜,总是被一扫而光。姜大娘外出时,总要把外屋的门锁上,但她家养一只大肥猫,门下有个挺大的猫洞。开始时怀疑是猫干的,但猫无法上到上不着天、下不着地的碗橱上。后来又怀疑是黄鼠狼干的,但黄鼠狼爬垂直的墙也不容易。有一天上午,姜大娘独自在家,看到小黄从猫洞悄没声地钻进来,走到碗橱下,站起来,用嘴巴一拱,把橱门打开。还没等它下嘴,姜大娘拎着掸子从里屋出来,说:"好你个小偷,这回可抓住你了!"小黄一看大事不好,夺门而逃。

我妈说:"姜家来告状时,我狠狠教训了它一次,从此再没听说谁家丢吃的。"

父母离开故乡时,把小黄送给了乡下的亲戚。临走那天,妈妈给它做了顿红烧肉,嘱咐它,到了新家,好好帮人家看家护院,馋了自己忍着点,可不能再偷人家东西。

每次说起小黄,妈妈都感伤不已,就像惦念起自己的儿女,甚至后悔不该打它。有时看妈妈愁眉不展,我开玩笑说:"又想你的狗儿子了吧?"妈妈往往微微一笑,不置可否。我想,十有八九,我说得没错。

祖母

1973年春天,我总是心烦意乱,坐卧不安,总觉得有什么事。一旦坐下来仔细想一想,又什么事也没有,就是闹心。我离开故乡到大连去读书,后来又到北京工作,已经十几年了,这样坏的心绪从来不曾有过。我是单身汉,每年有一次探亲假,于是决定提前探亲,回家看看。

到家那天,奶奶躺在炕上,两眼已经失明。我拉着她的手问:"奶,你知道我是谁吗？"奶奶说："是我大孙子回来了，唉，奶奶不行了。"说完眼泪就掉了下来，打湿了枕头。我说："奶，我回来看你来了，别着急，会好的。"奶奶说："我好不了了，这几年眼睛也看不见，整天躺在炕上，把你爸你妈累得够呛。"说着眼泪又掉了下来，"眼看着你们长大了，成人了，我心里高兴，死也能闭上眼睛了。过日子图个啥，不就是个人吗？"我说："奶，别难过。有病慢慢治。"奶奶说："不治了，治也治不好。前几年我腿摔坏了，在这里治，还到外地去治，花了不少钱也没好。岁数大了，骨头酥了，怎么能治好？你们都念书走了，一年也见不到一回，家里太冷清。"

那天晚上，妈妈喂奶奶饭，奶奶有点噎，只喝了点米汤。天气较热，妈妈饭后给她洗了澡。奶奶身上一点肉也没有，瘦得皮包骨。妈妈给她洗那条摔坏的腿时问她："疼吗？"她说："不疼，一点也不疼。"

第二天下午，同学白水来看我，正聊得起劲时，父亲下班回来了。他看了看一声不响的奶奶，突然说："你奶不行了，赶快穿衣服。"妈妈正在厨房做饭，急忙跑进来，打开柜子，拿出奶奶的寿衣。爸爸有点紧张，双手颤抖，我帮着爸爸把寿衣给奶奶一件一件穿好。奶奶的身体热乎乎的，手脚一点也不僵硬，穿衣服没费什么力气。寿衣很多，单的、夹的、棉的，穿了好几层。

奶奶永远睡着了，既没有感冒发烧，也没有说什么地方不舒服，连呻吟叹息也没有。邻居们说："你奶奶想你，前些日子情况不太好，你姑姑回来住了一个月，但她一直挺着不走，不见你一面，她闭不上眼睛。"

我十岁时，爷爷病故，奶奶才从老家搬来与我们一起过。她话不多，但手很巧，每年过五月节、中秋节、春节，都亲手做许多荷包、龙尾、灯笼、葫芦，谁都说漂亮。她绣的花水灵灵的，比商店里摆的工艺品精巧多了。

奶奶吃完饭就拿着小板凳，坐在菜园里，拔拔草，赶赶鸡，栽点花草，摘些青菜。一些细小的白菜、葱苗，她也舍不得扔，洗得干干净净生吃。蔬菜有时吃不完，她就送给街坊邻里。

奶奶是大方的，总是把最好的东西送给别人。有时邻里来要点青菜，她就说你自己去摘吧。人家当然挑最好的，结果自己家反倒没有了。我说奶奶"缺心眼"，奶奶说，小孩子懂得什么，摘了还会长，没关系。我知道奶奶在哄我，有的菜摘后可以长，有的长不了。

奶奶是家中的长辈，亲朋故友过节来串门，自然要送些点心水果之类的礼物。父母家教极严，不允许我们动奶奶的东西，只有奶奶给时才可以吃。我馋得不行，常常瞒着父母向奶奶要，每次都能大饱口福；有时馋得忍不住，找到奶奶的点心盒子吃个精光，奶奶从来不声张，更不告诉我的父母。她说小孩子都嘴馋，肚子里有馋虫，是没有办法的事。

最叫我生气的是奶奶常常把点心送给邻居的小孩吃。我说我还没吃够，干吗送给别人，她说邻居家里的孩子更熬苦（家乡话，意为日子困难），叫他们也尝尝。她有一句口头语，说家吃填坑，外吃扬名。我不以为然，总觉得把好东西填进我这个无底的坑中，远比扬名好得多。

我小时候很淘气，经常在外面跑，有时与人打架，搞得头破血流。但奶奶总是为我保密，从不告发。在她看来，小孩子没有不打架的，用不着大惊小怪。有时在家里闹得天翻地覆，奶奶说"看我不告诉你妈"。这是她最严重的警告，也是威胁，但实际上我根本不听，知道她是吓唬我，说说而已，一次也没有告发过我，甚至一旦被父母发现蛛丝马迹，她就说不知道,没看见,竭力包庇隐瞒。

上小学时,我讨厌数学,作业也懒得做。回到家里,趴在吃饭桌上,看奶奶在做针线活,就问她几加几等于几。奶奶就告诉我,我把得数写上,速度很快,一会儿就做完了。后来妈妈发现了,骂了我一顿,说:"这哪是你做作业,不是奶奶在做作业吗?"从那以后我再也不敢问奶奶了。

我从来没听见奶奶说别人的坏话。邻里也好,亲友也好,家里子孙儿媳也好,在她眼里都是世界上最好的人。她心里永远充满灿烂的阳光,充满了爱,充满了对别人的信任和理解,时刻不忘别人对她的哪怕是微不足道的好处。对于那些有权有势有钱的人,她从未流露出羡慕或钦佩。她并不希图子孙大富大贵,只要子孙身强力壮,平平安安过日子就是福。

她这一辈子,和我爷爷吃了不少苦,遭了不少罪,但从不抱怨或灰心,直到爷爷病故,才到我家来,和儿孙们一起过了十几年舒心日子。虽然粗茶淡饭,但总算没有饥寒之虞,她感到十分满足、幸福。

她与世无争,与人无怨,更没见她着急上火,悲伤愤怒,永远是平静、安详、满足。

人生一世,能够忘掉多如牛毛的恩恩怨怨,进入一种心静如水、无欲无恨的境界,并非易事。不知祖母是生来如此,还是在苦难中砥砺而成,倘若能遗传,可是子孙莫大的福分。

奶奶八十四岁,无疾而终。

我为她买了一个漂亮的骨灰盒,上面刻着山水树木,花鸟虫鱼。

西服背心

我常常想,人世间,大概没有谁敢大言不惭地说,我已经报答了父母的养育之恩。尤其是在生儿育女之后,你更会明白,养育之恩是无法报答的。

我十八岁时,离开家乡到大连去读书,当时并没有意识到,这次离开父母,离开温暖的家,意味着什么。当我整天忙着与老师告别、与同学聚会时,母亲默默地为我准备行装。她闷闷不乐,少言寡语,有时呆呆地坐在炕沿上，人也一下子瘦了许多。我听她对爸爸叹息说："嘿，又走了一个。"爸爸宽慰她说："孩子大了，哪能总在父母眼皮子底下转悠。你不是盼他们上大学、有出息吗？总得舍一头吧。"妈妈说："这事理我明白，可是这一走，再看一眼都难了，我舍不得，就像割我的肉哇！"

我们兄弟姐妹五人，我是第四个离开故乡到外地读书的，我离开时家中还有个弟弟在读初中，过不了几年，他也会远走高飞。看儿女们一个个离他们而去，将来也不可能回到她身边，母亲心里一半是高兴，一半是无奈。我出发那天，她只是默默地看着我吃饭，默默地流泪。我不知怎样安慰她，只好硬下心肠，头也不回地走出家门。若干年后，我才明白，这一脚跨出家门，意味着从此像一只孤雁，在人生的风雨中漂泊。

学生时代有寒暑假，每年还能回到父母身

边住几天。参加工作,特别是结婚以后,回家的机会就少了,几年也见不上一面。说句老实话,那时整天忙工作和孩子,想起父母的时候很少,只有收到家信时,才想起远在故乡的父母。有一次爸爸来信说:"年纪大了,觉少,每天晚上躺在炕上睡不着,你们每个人的样子,总是在我眼前跑来跑去。你妈如果一个月接不到你们的来信,就着急上火,一听到自行车响就往外跑,以为邮差来了。"

妈妈识字不多,无法用书信倾诉感情,只能把对儿女的思念深深埋在心里。她生在一个中医世家,对于封建家庭的种种清规戒律,妈妈是顺从的,唯有裹脚,可能是太痛苦了,她没有逆来顺受。记得小时候看妈妈洗脚时,我觉得她的脚很奇怪,问她为什么,她说小时候裹脚,用好多布把脚缠得紧紧的,疼得不能走路,就自己偷偷剪开了,姥姥虽然知道,也装聋作哑,就这样成了大脚,不然脚趾全都得折断，变成小脚，站都站不稳，受一辈子罪。

妈妈本来有个很传统的名字，叫德珍，但这只是写在户口簿上的，没有几个人知道。我们叫她"妈"，爸爸叫她"屋里的"，奶奶叫她"四媳妇"，邻居叫她"陈大婶"，从没有人叫她名字。我是在上学以后填各种表格时，才知道母亲的名字。

在妈妈身边生活的十八年，是我身体最好的时候，几乎没去过医院，没吃过药。日子虽然清苦，但妈妈总是把粗茶淡饭弄得热乎可口。高中时代，我养成了夜读的习惯。深夜时，肚子饿了，打开锅，总有热菜热饭。我从来没跟妈妈说过夜里想吃东西，但她想到了我会饿，就在临睡前把饭菜捂在锅里，烧一把火，再盖严保温。妈妈做工的时候，她一大清早起来，做好全家人的饭，再去上班，天不亮就走了。有时工厂中午做点好菜，她也舍不得吃，用饭盒带回来给我和弟弟。

吃不饱饭的时候，可难坏了妈妈。粮食不够吃，家里先是喝粥，粥盆越来越大，粥也越来越稀，喝得也越来越多。后来又在粥里放干菜叶、豆角皮，但还是不够吃。妈妈和爸爸商量了好久，最后决定还是吃干饭，这样挺的时间长些。

妈妈做好饭后，把大碗放在锅台上，一勺一勺地分。虽说是份儿饭，但每份儿是不一样的，我和弟弟、奶奶是同一等级，菜叶少些，压得实些；其次是姐姐、爸爸，粮菜参半；而妈妈那一份儿是黑绿色的，菜多粮少，数量最少。弟弟年纪小，不懂事，吃不饱就哭，妈妈叹口气，再从碗里拨一些给他。因为营养不良，妈妈得了肾炎，全身浮肿，脸胀得发亮，手指一按，留下一个深坑，她吃了许多中药才算活了过来。

在我的记忆中，妈妈总是瘦瘦的、高高的，每天第一个起床，最后一个吃饭，睡觉。

到换季时节,她就要忙一个月,为全家拆洗缝补衣物,有时我深夜醒来,看见妈妈还在忙。妈妈是要面子的人,全家人的衣帽鞋袜,都要整齐干净,这是脸面。

我刚到北京工作时,有一段时间胃不好,人也消瘦。回家探亲时,妈妈问我是什么时候得的胃病,怎么个疼法。妈妈从小生活在中医家庭,耳濡目染,懂一点医术,上街给我买了养胃丸,叫我天天服用,还没日没夜地为我赶做背心。直到临走的前一天晚上,她拿起刚刚做好的背心叫我试。这是一件西服背心,蓝里黑面,前面一排小扣子,下面还有两个小口袋,穿在身上,不大不小正合适。妈说胃不好主要是因为有寒气,胸口暖和、别吃生冷食物自然会好。还说她本来想给我做件厚坎肩,怕我嫌难看不穿,想了想还是做件西服背心,套在单衣里也看不出来,还想挂一层羊羔皮,可棉花絮多了些,再挂就厚了。她让我先这样穿着,明年回来时,她再给我改一改。

为了赶这件背心,妈妈一晚一宿没睡,眼睛红红的。我说:"妈,你也不量尺寸,怎么做得这样合适?"妈说:"你的衣服、鞋袜的大小,都装在我心里,用不着量。"我说:"咱家没人穿过西服,你怎么会做西服背心?"妈说:"你大舅家开过洋服店,看得多了,也就记住了。"妈妈的针线活是远近闻名的,不仔细看,根本不知道是手工做的。

我结婚较晚,妈妈很着急。虽然她对子女择业、升学从不干预,但这件事她可念念不忘。我一回家,她就念叨,谁谁谁当奶奶了,抱着一个又白又胖的大孙子,她啥时候才能抱上孙子呢?她的眼里充满了羡慕、向往和焦急。唐山大地震时,正好我爱人临产,孩子生下后,我发了个电报报平安。不久收到姐姐的来信,责怪我为什么不早点打个电报回去?这些日子,妈妈神不守舍,坐卧不宁,整天盼信盼电报,简直快急疯了……

有一年夏天,我回家时,姐姐笑着告诉我说,妈妈当了居民组长,经常到街道开会。我说:"这么大年纪,又没文化,当什么组长呢?年轻人有的是。"姐姐说:"年轻人不是没人想干,但大伙不选,都说咱妈为人正直公道,非她莫属。"这是实话,在我的记忆中,妈妈从未和邻居发生过口角。

爸爸退休后,一直与妈妈在故乡生活。在他们一生中,这是最清闲也最寂寞的时光。家里有个小菜园,有几棵果树。杏子、海棠等水果下来时,先是送给亲戚朋友、左邻右舍尝鲜,剩下的就晒成果干,秋天时连同给我小孩做的棉衣棉鞋一起寄来。她虽然住在故乡,但把远方的儿女子孙时刻记在心上。

我曾问过妈妈,将来老了愿跟谁住。她说,跟小儿子。后来爸妈离开故乡,一直与弟弟一家生活在一起。在妈妈弥留之际,我没在她身边。我赶回去时,她早已闭上眼睛。我看着她苍白但却依然慈祥的面容,再也忍不住眼泪,跪在她的脚下,磕了三个头,心里默默地说:妈,我回来晚了,请您原谅我这个不孝之子吧。您含辛茹苦把我养大,我却没能为您送行……

母亲虽然已经病故多年,但我还清晰地记得那天清晨她送我到外地读书时的情景:她为我煮好饺子,双眼一动不动地看着我吃完,之后站在门口,默默地看着我在晨光中走向远方。

现在,我的身边只有这件母亲为我一针一线缝制的西服背心了。看见它,我就想起母亲熬红的眼睛和晶莹的泪光。在人生漫长的旅途上,母亲的慈爱和温暖,永远是为我遮风蔽雨的精神家园。

水仙

每年腊月,我都种几株水仙,春节时正好开花。

开始时我养不好水仙,叶子长得很高,好不容易出了花苞,又不知何故,日渐憔悴,最后枯萎。种了几年,我终于摸出了一点门道,原来是室温偏高,叶子疯长,到开花时,已是强弩之末,哪还有力气开出冰清玉洁的花来?后来我就把水仙放在封闭的阳台里,虽长得慢些,但叶短而粗壮,花盛而芬芳。

想起来，我种水仙已经有十几年了，最早始于岳父送我水仙盆的冬天。岳父到南方参加学术会议，知我爱花草，就特意买了个水仙盆带回来。盆是瓷的，灰蓝色釉，形状似树根，正面有一枝盛开的红梅。盆很大，能放三株漳州水仙。岳父怕放在箱子里摔碎，硬是用旅行袋提回来的。岳父姓梅，名志存，可能是取"夫志当存高远"之意吧？那时他已五十多岁，身体也不太好，不辞辛劳，从几千里之外带给我这礼物，不知是否有深意，但从未听他说过。

岳父是个勤勉忠厚的读书人，是上海交通大学毕业的高才生，毕生从事牵引动力学的研究，出版了五六本专著。他最后一本书是《英汉铁路缩略语词典》，洋洋几百万字，凝集了他晚年的全部心血。他刻苦好学，懂英、法、俄、日等多种语言。

他每天上班下班，都带着许多书刊，回到

家里,也伏在桌前不停地写。对于他来说,上班就是到研究院工作,下班就是回到家里工作,只是换个地方而已。他一生写过多少文章,编了多少资料,为别人修改过多少篇论文,连他自己也说不清楚。

岳父脾气好,有耐心,对于隔代人,格外钟爱,只要有时间,他就亲自去送孩子们上学。家里小孩多,闹起来像一锅粥,但他却把吵闹声当优美的音乐,照样写他的论文。每次出差回来,总要给孩子们带回礼物,家里就像过节一样热闹。有一次孩子们议论将来干什么,我的儿子说:"我要像外公一样,当高级工程师。"岳父很高兴,但随即又苦笑道:"还是干你爸爸那一行吧,当翻译,可以到世界各地看一看,比我的工作好。"我知道他深爱自己的专业,但也尝尽酸甜苦辣。

岳父病后,尤其是瘫倒在床生活无法自理之后,烦躁易怒,完全变了一个人,但对我从未发过火。在他连话也说不清楚的时期,我每次下班去看他,他还用手势告诉我点心放在什么地方。他知道我回家有吃点东西的习惯。岳父有几个儿女,各自成家后依然生活在一起。十几口人的大家庭,在北京已经不多见了。岳父母的仁慈影响了子孙,形成了宽厚和睦的家风——父慈子孝,朴实坦诚,其乐融融,从无恩恩怨怨小肚鸡肠之事。

岳父病故时,我在国外,没能守在他身边。行前我曾去医院看他,那天他的脸色和精神都很好。我问他:"给您带点什么?"他说:"带块表吧。"岳父一直戴着一块机械表,手指已经僵硬,不能上弦了。我在印度访问时,印度爆发了罢市罢工,只好改变日程顺访新加坡。一到新加坡,我的眼镜框突然莫名其妙地断了,但镜片没有摔碎,而是掉在衬衣口袋里。我是高度近视,没有眼镜,寸步难行,心绪极坏,表也就没买。回到北京我才知

道,岳父正是在这一天病故的。我想,莫非是岳父催促我快快回到他的身边?下葬前,我和妻子为他买了一块很漂亮的石英表。岳母说:"你爸一辈子也没戴过这么好看的表。"我心里一热,潸然泪下。他劳碌一生,养育了一群子孙,却很少想到自己。

如今他安睡在北京东面的一片土地上,前面是一条河,后面是连绵的山,虽不如他的故乡江南秀丽,但毕竟是他生活了大半辈子的地方,而且子孙也会常来看望他。

每年水仙盛开时,我想岳父的在天之灵,也会看到这亭亭玉立的水仙,闻到这馥郁高雅的清香。

最后的微笑

你走了,默默地走了。像平素睡觉一样,轻轻地闭上了眼睛。

在住院的当天上午,你还站在讲台上,给学生讲课。你以为,你还会回来,还会站在学生面前,用你略带沙哑的声音,把学生带进现代科学的殿堂。

你爱你的学生,爱那一双双渴望知识的眼睛。那是未来,那是希望,那是你生命的星辰和太阳。

而我知道，这种深切的爱，经过了怎样痛苦的磨砺，才闪烁出光芒。

在苏联留学时，你学的是地质，你梦想成为一个地质学家，在祖国的千山万水中寻找矿藏。但是，当组织上分配你去当中学教师时，你二话没说，就来到了学校，站在讲台上。那个时代的人也许都会这样，但在无条件服从组织分配的同时，你内心的痛苦却倒海翻江。因为我常常看到你拿着野外实习时的照片发呆，用那把闪亮的地质锤轻轻地敲打你的胸膛。

从此，你告别了自己的专业、自己的理想，成了一个普普通通的中学教师，在讲台上，一站就是三十多年。

每年寒暑假，本来是你休息的日子，可你比上班还忙。你端坐在书桌前，准备下一学期的课程。尽管这些内容你教了几十遍，烂熟于心，倒背如流，但你还是认真地准备，用毛笔一丝不苟地写教案。你说，讲一个原理，学生可能会举一反三，联想许多问题，老师必须有所准备，尽可能回答他们提出的所有问题，这就是一桶水和一滴水的道理。

你在临终那天的上午，呼吸已经很微弱，但当你教的第一届学生——七个1960年的高中毕业生来看你时，你笑了，笑得很甜蜜。虽然三十二年的岁月匆匆流去，但你还能一一叫出他们的名字。那是北京市第三十九中学校庆，学生没看到自己的班主任，知道你病了，住在传染病院，他们结伴来看你。

当一个学生说："任老师，我现在也是教授了，找我看病，得挂专家号。"你是那样高兴、激动。虽然你教了一辈子书，明年就要退休了，你对学生的进步，仍感到由衷的高兴，希望他们飞得更高，走得更远，成就更大。你说过，把老师远远抛在后面，才是真正的好学生。

在你弥留之际,你住的那栋摇摇欲坠的简易楼的保险丝突然断了,楼上一片漆黑。邻居们说,任老师怕是不行了。没有人去修复,大家在黑暗中,在烛光中默默地送你远行。

夜里十点二十分,你轻轻地闭上了眼睛,没有呻吟,没有痛苦,没有叹息,静静地,悄悄地走完了五十九年人生的路。

图书在版编目（CIP）数据

心灵风景 / 陈喜儒著. -- 青岛：青岛出版社，
2024.1
ISBN 978-7-5736-1174-1

Ⅰ.①心… Ⅱ.①陈… Ⅲ.①散文集－中国－当代
Ⅳ.①I267

中国国家版本馆CIP数据核字(2023)第120571号

	XINLING FENGJING
书　　名	心灵风景
著　　者	陈喜儒
插　　图	空西瓜
丛书策划	连建军　魏晓曦
责任编辑	盛雅雯
美术编辑	孙　琦　于牧云
装帧设计	于牧云　果　果
出版发行	青岛出版社（青岛市崂山区海尔路182号，266061）
本社网址	http://www.qdpub.com
印　　刷	青岛海蓝印刷有限责任公司
出版日期	2024年1月第1版　2024年1月第1次印刷
开　　本	32开（889mm×1194mm）
印　　张	5.75
字　　数	80千
书　　号	ISBN 978-7-5736-1174-1
定　　价	38.00元

编校印装质量、盗版监督服务电话：4006532017　0532-68068050